Chère lectrice,

Si, ce mois-ci, on célèbre la fête des Mères et l'amour inconditionnel qu'elles portent à leur enfant, ce sentiment n'est pas non plus étranger aux pères, comme le prouve Alik, le héros du deuxième roman de notre trilogie consacrée aux nouveaux papas. En effet, dès qu'il voit son fils nouveau-né — dont il ignorait jusqu'à la conception ! —, il ressent soudain pour lui *Un amour plus fort que tout* (N° 1754)...

Pour Shauna, le sentiment est moins immédiat, mais le choc tout aussi grand quand elle découvre, dans un coin isolé de montagne, un homme et... un bébé. Mais cette *Adorable surprise* (N° 1749), vous le verrez, n'est pas sans danger pour elle !

En revanche, c'est *Un innocent complot* (N° 1750) qu'ourdissent Karen et Robby, deux garnements de sept et huit ans, dans le but de voir s'unir leur oncle et leur monitrice de natation. Hélas ! la jeune femme a d'autres projets...

Kay, quant à elle, est victime de la rancœur de son ex-fiancé qui, grâce à ses relations, parvient à la faire condamner à cent heures de travail « bénévole » dans un refuge pour animaux, alors qu'elle a une peur bleue des bêtes ! Mais la présence du séduisant Dr Matt Forrester pourrait bien transformer cette sévère punition en *Une douce vengeance* (N° 1751)...

Enfin, vous terminerez sur une note moins humoristique mais tout aussi tendre avec *Le bonheur au rendez-vous* (N° 1752) et *Le rêve de Cindy* (N° 1753), et partagerez les doutes de Meredith et de Cindy qui, bien que pour des raisons très différentes, ont perdu foi en l'amour...

Bonne lecture, et au mois prochain,

La responsable de collection

Une douce vengeance

JANE SULLIVAN

Une douce vengeance

COLLECTION HORIZON

*Cet ouvrage a été publié en langue anglaise
sous le titre :*
STRAY HEARTS

Traduction française de
ALEXIS VINCENT

HARLEQUIN ®
est une marque déposée du Groupe Harlequin
et Horizon ® est une marque déposée d'Harlequin S.A.

1.

— Bonjour, pourrais-je voir Mlle Kay Ramsey?

En entendant son nom, Kay ôta la chaîne de sécurité et ouvrit davantage sa porte. De l'autre côté se trouvait un inconnu au visage pâle, chauve, qui tenait dans une main une enveloppe et dans l'autre un gros cigare.

— C'est moi...

— Alors ceci est pour vous, dit-il en lui tendant la lettre. Au revoir, et bonne journée.

Sur ces mots, il fit demi-tour et disparut dans l'escalier. Intriguée, Kay rentra dans son appartement et ouvrit l'enveloppe en prenant soin de ne pas rayer son vernis à ongles encore frais. Elle tira précautionneusement la feuille qui se trouvait à l'intérieur, la déplia et commença à la lire. Son visage perdit aussitôt toute couleur.

— Kay? Tout va bien?

Sheila, sa voisine de palier et experte en manucure, referma le flacon de Jungle Red, le posa sur la table basse du salon et prit la lettre des mains de Kay. Elle la parcourut rapidement pendant que ses yeux s'arrondissaient de stupeur.

— Robert te poursuit en justice?

— Oui! s'exclama Kay, médusée. Et tout ça parce que j'ai coupé les poils de ses chiens!

— Je crois que c'est justement la manière dont tu les as coupés qui ne lui a pas plu! rétorqua Sheila en haussant un sourcil.

Kay s'effondra dans le canapé. Si seulement elle avait eu la même approche de la vie que Sheila, rien de tout cela ne serait arrivé! Si Sheila avait été fiancée à Robert Hollinger et l'avait trouvé à moitié nu dans son bureau avec une autre femme, elle aurait enjambé calmement les vêtements qui gisaient sur le sol, et aurait informé Robert qu'elle avait changé d'avis à propos de leurs projets matrimoniaux. Et tout en serait resté là...

Malheureusement, Kay avait une manière différente d'appréhender la vie. Elle s'était éclipsée sans se faire remarquer, avait appelé un service de toilettage canin à domicile, et sur ses indications, l'employé stupéfait s'était occupé des symboles de la réussite financière de Robert, à savoir trois cockers de pure race, vainqueurs de concours internationaux et totalement stupides. Quand Robert était rentré chez lui et qu'il avait découvert ses précieux animaux dans un état aussi ridicule, il était devenu fou... Cela avait vraiment réconforté la jeune femme sur le moment. Evidemment, elle se sentait beaucoup moins bien à présent...

— Comment ai-je pu envisager d'épouser un homme possédant des chiens? déclara Kay en agitant les doigts pour les faire sécher. C'était vraiment idiot de ma part.

— Si tu avais été réellement amoureuse de lui, tu aurais trouvé une solution.

— Impossible! Tu sais ce que je pense des animaux...

Kay n'y pouvait rien: avec la meilleure volonté du monde, rien ne pouvait la mettre davantage mal à l'aise qu'un chien qui aboyait ou un chat passant dans ses jambes. Lorsqu'elle était enfant, son frère David et sa sœur Claire avaient vite compris qu'elle craignait par-dessus tout les animaux. Et ils en profitaient pour lui jouer toutes sortes de tours pendables! Kay savait bien que cela était ridicule, mais elle n'avait jamais réussi à maîtriser son appréhension pour tout ce qui portait fourrure et marchait à quatre pattes...

— Que vais-je faire, Sheila? Je n'ai pas un centime et je n'ai pas les moyens de me payer les services d'un avocat!

— Il y a toujours Claire, suggéra son amie.

— Ma sœur? Jamais de la vie! s'exclama Kay, horrifiée.

— Elle est avocate, et elle te défendra gratuitement...

— Et si je me défendais moi-même ?

— Contre Robert ? demanda Sheila, sarcastique.

Kay poussa un soupir de frustration. La situation empirait d'instant en instant ! Pourquoi Claire et Robert devaient-ils apparaître ensemble dans le même cauchemar ?

— Tu as raison, admit-elle finalement. Je suppose que je n'ai pas vraiment le choix. Je lui en parlerai demain. Oh, mon Dieu, cela signifie que je vais encore avoir droit à une leçon de morale ! ajouta-t-elle en fermant les paupières d'un air accablé.

— Quelle leçon de morale ?

— Ma sœur va me reprocher d'être impulsive, d'agir de manière idiote, de me montrer irresponsable et de ne pas avoir de vraie carrière alors que je vais avoir trente ans...

— C'est juste que tu n'as pas encore trouvé ta voie ! protesta Sheila. Certaines personnes mettent davantage de temps que d'autres pour s'épanouir, c'est tout.

— En tout cas, je ne m'épanouis pas beaucoup avec mon travail de secrétaire juriste. Pourquoi me suis-je laissé persuader par Claire de m'engager là-dedans ? Et pourquoi ai-je accepté de travailler pour Robert, et pire encore, de me fiancer avec lui ?

— Parce qu'il représente l'homme idéal aux yeux de ta famille. Une raison de plus pour ne jamais écouter leurs conseils...

— Ça va être affreux, déclara Kay en gémissant.

— Arrête de t'inquiéter, répondit Sheila. Cela ne sera peut-être pas aussi catastrophique que tu l'imagines. Tu sais, si on examine la situation de manière pragmatique, ce sera un procès assez léger.

Léger ? Kay vit une lueur d'espoir apparaître à l'horizon. Un procès léger ne pouvait pas avoir de conséquences dramatiques, n'est-ce pas ? Elle jeta un regard en biais à son amie.

— Tu crois vraiment ?

— Bien sûr ! Après tout, tu n'as fait aucun mal à ces chiens. Tu les as juste... tondus.

— Alors d'après toi, cette procédure est... comment pourrait-on appeler ça? Une farce judiciaire?

— Exactement!

Cette remarque remonta singulièrement le moral de la jeune femme.

— Tu veux dire qu'au bout du compte, c'est Robert qui pourrait sortir ridiculisé de cette affaire?

— Absolument!

— Humilié? Peut-être même réprimandé par le juge?

— C'est très possible.

Kay y réfléchit un moment et songea qu'après tout, Sheila avait peut-être raison. Aucun juge ne pouvait prendre sa plainte au sérieux. Et si Robert persistait, il pourrait bien passer pour un imbécile aux yeux de la cour, alors qu'elle quitterait le tribunal la tête haute.

Un soupir de soulagement lui échappa alors qu'elle se calait dans son siège. Elle examina ses ongles et constata avec satisfaction que le rouge était impeccable.

Finalement, peut-être que la situation était moins catastrophique qu'on aurait pu le croire...

Trois mille dollars!

Le marteau du juge résonnait encore à ses oreilles, et Kay ne pouvait que répéter ce chiffre sans comprendre. Robert, de l'autre côté de la salle, lui jeta un désagréable petit sourire de triomphe, et devant cette dernière provocation, elle faillit traverser la salle d'audience pour le gifler.

Se retenant à grand-peine, elle tourna un visage révolté vers sa sœur.

— Claire, fais quelque chose!

— C'est fini, il n'y a plus rien à faire, répondit celle-ci à mi-voix en refermant son attaché-case. Maintenant, sortons d'ici avant que tu ne m'embarrasses encore davantage que tu ne l'as déjà fait.

Kay la suivit jusqu'à la salle des pas perdus en ressassant le montant astronomique que le juge l'avait condamnée à payer à son ex-fiancé.

— Mais trois mille dollars, c'est impossible ! insista-t-elle. Trois mille dollars pour avoir coupé les poils de ses affreux cabots !

— Il n'a eu qu'à prouver que, sans leur pelage, il ne peut pas les montrer dans les expositions canines, ni vendre leurs chiots, ni participer aux concours internationaux...

— Mais les poils, ça repousse !

— Le juge a accepté ses arguments, il n'y a que cela qui compte.

— J'étais sûre que tu allais le battre, Claire ! J'en étais certaine !

Sa sœur se retourna si brusquement que les deux jeunes femmes se retrouvèrent presque nez à nez.

— Je n'étais pas préparée ! s'exclama-t-elle, soudain furieuse. Et sais-tu pourquoi ? Parce que tu ne t'es pas souciée de m'informer de la nature exacte de la coupe que tu leur avais infligée ! J'ai dû attendre que les photos circulent dans la salle pour le découvrir !

— Je ne pensais pas que c'était si important, répondit Kay en reculant d'un pas.

Claire leva les yeux au ciel et prit une mine accablée.

— Kay, il faut que tu apprennes à maîtriser cette impulsivité ! Les gens vont finir par croire que tu es folle !

— Mais il m'a trompée ! C'était une réaction tout à fait normale !

— Tout à fait normale ? répéta sa sœur en s'étranglant à moitié. Les gens normaux crient un peu, ou cassent éventuellement un vase en porcelaine, mais ils ne payent pas un toiletteur pour raser des chiens !

— D'accord, d'accord, admit Kay en levant les mains dans un geste d'apaisement. J'ai agi stupidement et j'ai eu tort. J'aurais dû me douter que Robert réagirait aussi mal. J'aurais dû penser...

— Exactement ! l'interrompit sa sœur. Tu aurais dû penser !

Kay examina la pointe de ses chaussures en attendant que Claire cesse de la fusiller d'un regard capable de réfrigérer un volcan en éruption. Mais celle-ci n'en avait pas terminé.

— Tu sais, Kay, j'avais fini par croire que tu t'étais calmée. Tu avais enfin réussi à décrocher un diplôme à peu près décent, un travail fixe et sérieux...

— Je n'ai jamais eu envie de travailler comme secrétaire juriste, protesta la jeune femme. C'était ton idée !

— Et qu'aurais-tu fait si tu n'avais pas suivi les cours de cette école de secrétariat ? Tu serais restée serveuse toute ta vie ? Ou peut-être serais-tu retournée à New York pour poursuivre cette prometteuse carrière d'actrice ? Ou tu aurais repris ce travail extraordinaire d'enquêteuse par téléphone ? Ou bien encore tu serais de nouveau allée travailler dans cette ridicule agence de relation publique ?

— Promo-Com n'a rien de ridicule !

— Ils ont comme clients des vendeurs de voitures d'occasion et des danseuses du ventre !

Bon, d'accord, c'était un peu ridicule, admit Kay mentalement. Et alors ?

— Je cherche encore ma voie, reprit-elle.

— Ta voie ? Tu cherches toujours un nouvel emploi de secrétaire dans un cabinet d'avocats, n'est-ce pas ?

— Oui, Claire. Je cherche.

— Dieu soit loué. Je craignais que tu ne changes encore d'avis et que tu ne t'engages dans un cirque !

Kay avait horreur de ce genre de scène. La réprobation de sa sœur lui rappelait exactement celle de sa mère, et elle savait pourquoi. Parce que Claire était devenue exactement comme leur mère : une femme qui avait placé sa carrière d'avocate au-dessus de tout le reste et qui faisait preuve de bien peu de patience avec ceux qui ne suivaient pas son exemple. Toute sa vie, Kay avait été en marge de sa famille. Le vilain petit canard au milieu des cygnes blancs...

— Excuse-moi, Kay. Aurais-tu un instant ?

Kay se retourna et découvrit Robert debout derrière elle. Sa tension artérielle grimpa aussitôt. Le ton courtois de son ex-fiancé ne la trompait pas le moins du monde !

— Si tu viens chercher ton argent, Robert, tu perds ton temps ! s'écria-t-elle. Je n'ai pas trois mille dollars !

— Oui, je pensais bien que tu étais à cours de liquidités.

— Je ne serais pas à cours de liquidités si tu n'avais pas usé de ton influence pour me faire refuser par tous les cabinets d'avocats auxquels j'ai envoyé ma candidature !

— Le taux de chômage est élevé, Kay. Tu ne peux pas me faire porter la responsabilité de ta recherche infructueuse d'emploi.

Cette remarque lui fit monter la moutarde au nez. Sa recherche « infructueuse » n'avait rien à voir avec la rareté des offres d'emplois. Après tout, McKiney, Texas, était une ville située dans la sphère d'activité de Dallas, où l'économie explosait. Elle avait obtenu plusieurs entrevues dans des cabinets d'avocats qui avaient semblé prêts à l'engager... jusqu'à ce qu'ils vérifient ses références.

— Tu mens pour décourager les avocats de m'embaucher, reprit-elle. Et si je pouvais le prouver, c'est toi qui aurais une plainte sur le dos !

Robert lui adressa un sourire qui la fit frémir de dégoût.

— Je vais te proposer quelque chose, dit-il. Pourquoi n'oublions-nous pas toute cette affaire ? Tu ne me dois plus un centime.

— Comment ?

— Tu m'as bien entendu. Oublie ces trois mille dollars. Je dirai à la cour qu'ils m'ont été versés intégralement.

Kay le dévisagea avec méfiance. Quelle ruse avait encore germé dans l'esprit pervers de ce type ? Il l'avait traînée devant un tribunal en pleurnichant sur ses affreux cockers, et à présent il lui proposait de passer l'éponge ? Tout cela ne lui inspirait rien de bon...

— En échange de quoi ? demanda Claire en avançant d'un pas.

— De presque rien, dit-il en haussant les épaules. Tu n'auras qu'à effectuer cent heures de travail bénévole.

De travail bénévole ? Cette fois, Kay n'y comprenait plus rien. Robert n'avait vraiment rien d'un philanthrope ! Certes, il envoyait une contribution régulière à des associations caritatives, mais uniquement pour entretenir son image au sein des milieux élégants qu'il fréquentait. Pourquoi diable voulait-il maintenant échanger trois mille dollars contre cent heures de son temps ?

— Va jusqu'au bout, déclara-t-elle. Que veux-tu que je fasse ?

— Juste ça : cent heures de travail bénévole... Dans le refuge Westwood pour animaux abandonnés.

La jeune femme le contempla bouche bée. Il aurait aussi bien pu lui demander de sauter dans un bassin rempli de requins !

— Un refuge pour animaux ? Tu veux que je travaille dans un refuge pour animaux ?

Claire attrapa sa sœur par le bras et l'attira en arrière avant que celle-ci n'explique vertement à son ancien patron ce qu'il pouvait faire de son idée.

— Excusez-moi, je dois m'entretenir avec ma cliente, dit-elle à Robert avant de s'éloigner de quelques pas.

Elle l'attira à l'écart et lui jeta un regard furieux.

— Mais enfin, Claire ! s'exclama Kay en se frottant le bras. Tu m'as fait mal ! Que veux-tu...

— Accepte le marché.

— Comment ?

— Tu m'as bien entendue. Accepte le marché ! Tu n'as pas un sou, et Hollinger a dit qu'il abandonnerait les trois mille dollars. Tout ce que tu as à faire, c'est de sourire gentiment et de caresser quelques chiots. Cela n'est pas si difficile !

— Tu sais ce que je pense des animaux, protesta Kay. Je ne peux pas travailler dans un endroit comme ça.

— Ne grandiras-tu jamais ? Tu n'as plus six ans désormais. Ces petites bêtes ne vont pas te manger, tout de même !

Kay savait que sa phobie des animaux n'avait rien de rationnel, mais après tout, il en allait de même du vertige, et personne ne s'en moquait. Quand on expliquait qu'on avait peur de grimper sur un escabeau, tout le monde compatissait. Mais quand on ne se précipitait pas devant chaque petit chien, quand on ne prenait pas chaque chat sur ses genoux, on passait pour quelqu'un de prétentieux, de froid, voire d'insensible ! Et Claire ne manquait pas d'un certain aplomb de lui faire ces remarques, alors qu'elle et leur frère

14

David, avec toute la méchanceté dont sont capables les enfants, avaient réussi avec leurs blagues idiotes à transformer une simple crainte en une peur rédhibitoire ! Certes, Kay parvenait maintenant à contrôler plus ou moins cette angoisse, mais sans que celle-ci ait disparu.

— Je ne peux pas, Claire. Tout sauf ça !

— Ecoute, reprit sa sœur en levant les yeux au ciel, tu n'as qu'à t'habiller d'un tailleur strict et expliquer que tu es secrétaire. Ils t'installeront au bureau de la réception et tu n'approcheras jamais d'un animal.

— Non ! Même comme ça, ils seront encore trop proches.

— Vas-tu te réveiller ? Robert t'offre une porte de sortie rêvée !

— Rêvée pour toi, peut-être. Tu te pâmes en regardant Lassie à la télévision, alors que moi, je meurs d'angoisse !

— Il ne s'agit que de cent heures de travail, insista Claire, exaspérée. Juste cent petites heures, et Robert te laissera tranquille à tout jamais. Est-ce si cher payé ?

Kay poussa un long soupir. Pour la première fois depuis qu'elle avait quitté Robert, elle regrettait vraiment d'avoir jeté son diamant de trois carats dans les toilettes. C'était peut-être sa bague de fiançailles, mais elle lui aurait été bien utile maintenant...

— Tu penses vraiment qu'ils me donneront un travail de bureau ?

— Pourquoi pas ? Quelqu'un doit bien l'effectuer, répondit Claire.

Kay tenta d'envisager la situation de manière logique. Un emploi de bureau... Cela ne lui poserait aucun problème : les chiens et les chats seraient en cage, évidemment, et ne l'approcheraient pas. Et si elle survivait à cette épreuve, Robert sortirait de son existence pour toujours.

— D'accord, j'accepte, dit-elle en rendant les armes.

— Sage décision. Et garde cette expression dégoûtée pour lui donner l'impression qu'il te demande un effort surhumain. Sinon, il pourrait bien te demander deux cents heures de travail...

Robert se tenait accoudé contre la rampe de l'escalier, un

sourire mielleux aux lèvres. Garder son expression dégoûtée ne demanda aucun effort à Kay...

— Entendu, Hollinger, déclara Claire en le rejoignant. Marché conclu.

— Merveilleux ! rétorqua-t-il. Je vais appeler le Dr Forrester au refuge. Il sera ravi d'avoir une nouvelle bénévole. Et comme tu aimes tant les animaux, je suis sûr que vous vous entendrez très bien, tous les deux.

— Une seconde ! intervint Kay. Je veux que notre accord soit rédigé noir sur blanc avant de me présenter au refuge. Je ne tiens pas du tout à ce que tu me réclames encore de l'argent quand j'aurai terminé mes heures de travail.

— Bien sûr ! Il s'agit d'un accord légal : je vais demander à ma secrétaire de le rédiger et de t'envoyer tous les papiers. J'adresserai le contrat à votre cabinet, Claire, dit-il tranquillement. Je compte sur vous pour surveiller la suite des opérations...

Sur ces mots, il tourna les talons et s'éloigna. Kay le suivit des yeux jusqu'à ce qu'il disparaisse de la salle des pas perdus. Dire qu'elle avait failli l'épouser !

Un an plus tôt, elle avait trouvé un emploi chez Hollinger & Associés. Le grand patron en personne n'avait pas perdu de temps pour lui faire la cour, et cela avait ébranlé son bon sens. Robert était un avocat connu, il était plutôt séduisant dans un genre un peu guindé, et il avait de l'argent. En bref, il possédait toutes les qualités que sa famille prisait ! Comme on avait répété à Kay depuis le berceau qu'il fallait épouser un homme comme lui, elle avait été troublée qu'il s'intéresse à elle, et n'avait pas cherché à le décourager.

La jeune femme se souvenait encore du dîner familial où elle avait raconté qu'il lui avait demandé sa main. Son père en avait laissé tomber son verre de scotch, sa mère avait ouvert les yeux aussi grands que le lui permettait son dernier lifting, et Claire avait manqué s'étouffer en avalant une huître. Le premier moment de stupeur passé, ils avaient ensuite fait simultanément quelque chose que Kay n'avait jamais vu : ils lui avaient souri à l'unisson ! Pour la première fois de sa vie, elle avait eu l'impression d'être un membre de sa famille à part entière...

Pourtant, plus la date prévue pour le mariage approchait, plus son instinct l'avertissait que quelque chose n'allait pas. Une petite voix insistante ne cessait de bourdonner à ses oreilles et de lui demander « L'aimes-tu vraiment ? »

Kay s'était posé la question plus d'une fois au cours des derniers mois. Dommage qu'elle n'ait jamais répondu... Jusqu'à ce vendredi soir, où Robert avait visiblement oublié qu'il était fiancé. La réponse avait alors été d'une clarté limpide !

— Ecoute-moi bien, déclara Claire. Jusqu'à ce que toute cette affaire soit classée, tu dois arrêter de provoquer Robert. Je t'avais demandé de lui jeter un regard mauvais, pas de l'agresser ! Tu as de la chance qu'il n'ait pas retiré son offre.

— De la chance ?

Kay s'appuya contre la balustrade pour ne pas tomber. Elle avait l'impression d'être un parachutiste sur le point d'être largué derrière les lignes ennemies ! Le but était de survivre. Cent heures, et tout serait terminé...

Cent heures parmi les animaux. Cela ressemblait à une éternité !

— Doc, nous avons un problème. Venez tout de suite.

Matt Forrester laissa tomber le téléphone et se précipita hors de sa clinique vétérinaire, une maison victorienne située dans une rue calme de McKiney, Texas. Buddy, un petit chien marron qui tenait à la fois du terrier, du bouledogue et du bâtard des rues, lui emboîta aussitôt le pas. Ils se rendirent tous deux dans la maison voisine, d'un seul étage, qui avait été rénovée deux ans plus tôt pour devenir le refuge Westwood. Hazel Willoughby, âgée de soixante-douze ans, le dirigeait d'une main de fer, et Matt savait que si elle ne pouvait régler seule un problème, c'est que le problème était vraiment grave.

Il entra dans l'ancien salon de la maison, qui servait à

17

présent de réception. Une adolescente aux cheveux roux se trouvait dans la pièce et examinait quelque chose derrière le comptoir. Hazel se retourna en entendant la porte grincer et tendit à Matt une paire de gants de cuir.

— Je suis trop vieille pour ce genre de chose, doc. Je vous le laisse.

Matt prit les gants et contourna lentement le comptoir. Sa curiosité se mua en surprise quand il découvrit le plus gros matou qu'il eût jamais vu.

— J'ai pensé qu'il valait mieux vous appeler avant de demander l'aide de la SPA.

— La SPA? Vous plaisantez? Ils vont utiliser des gaz paralysants et des instruments qui l'effraieront encore davantage! Mais pourquoi ce chat est-il si agressif?

— C'est un chat errant, expliqua la jeune fille. Il traînait dans ma résidence, alors j'ai mis du poisson dans une caisse et je l'ai capturé.

— Et pourquoi l'avez-vous laissé sortir de sa caisse?

— Eh bien, il déteste être enfermé et il faisait un bruit terrible, alors j'ai pensé qu'en ouvrant la porte...

— C'est réussi. La liberté semble l'avoir vraiment détendu! fit observer Matt, sarcastique.

Il fit un pas vers le chat, qui se mit à cracher avec férocité et se recroquevilla encore plus dans le coin qu'il occupait. Matt s'agenouilla à son niveau.

— Hazel?

— Juste derrière vous, docteur.

— Ouvrez très doucement la porte de sa cage.

Lorsqu'il vit la boîte grillagée, le chat parut devenir fou. Il prit son élan et fit un bond en avant, mais Matt fut plus rapide. Il l'attrapa à mi-corps, les mains protégées par les gants, et sans lui laisser le temps de réagir, il le souleva de terre. Hazel poussa la cage et recula prudemment d'un pas. Matt engagea l'arrière-train de l'animal furieux, mais celui-ci réussit à prendre appui sur le bord de la boîte métallique et envoya un coup de patte à son tortionnaire. Matt serra les dents sous la douleur et poussa le chat à l'intérieur. Ensuite, il n'eut qu'à pousser la porte et à la fermer pour capturer le chat.

La petite rousse prit une expression stupéfaite.

— Ça alors! Je n'aurais jamais cru que vous réussiriez à l'attraper ainsi! Il vous a méchamment griffé...

— Ce n'est rien, répondit-il en ôtant ses gants.

Il passa le bout des doigts sur la griffure et y vit du sang. Son ex-femme avait raison : il aurait dû devenir médecin. Cela lui aurait permis de gagner trois fois plus d'argent et de jouer au golf le mercredi après-midi!

— Je savais que j'avais raison de l'amener ici, reprit la jeune fille. Cela me faisait de la peine de le livrer à la SPA. Il est tellement méchant qu'ils auraient été obligé de le piquer. Mais vous ne piquez jamais les animaux ici, n'est-ce pas?

— Non, jamais, répondit Matt en soupirant.

Il se tourna vers Hazel qui venait d'allumer une cigarette, l'air épuisé.

— Vous lui avez trouvé un nom? lui demanda-t-il.

— Oui, répondit la septuagénaire. Clyde.

— Clyde?

— Comme Bonnie et Clyde. Ils ont fait beaucoup de dégâts avant de se laisser capturer, exactement comme ce matou.

— Bravo, c'est bien trouvé, répondit Matt en riant.

Il fit entrer Clyde dans une des cages grillagées du refuge avant de laver sa blessure au savon antiseptique, puis sortit une bière du réfrigérateur, qu'il ouvrit sous le porche de la maison. L'après-midi se terminait et la chaleur de juillet commençait à s'atténuer. Il régnait cependant une température de fournaise, typique de l'été texan. Hazel le rejoignit et s'assit à côté de lui pour allumer une autre cigarette.

— Vous vous êtes lavé? fit-elle observer. Bonne idée. Dieu seul sait où ce chat a traîné!

— Oui, il vaut mieux être prudent. Quelle ingrate bestiole! Nous lui offrons le gîte et le couvert, et voilà comment il me remercie.

— Il se calmera bien...

— J'espère que je vivrai assez vieux pour voir ça!

Hazel tira sur sa cigarette et lui jeta un regard perçant.

— Vous n'avez pas l'air très en forme, reprit-elle. Que se passe-t-il ?

— J'ai reçu la facture d'électricité aujourd'hui, répondit-il en soupirant.

— Comme tous les mois...

— Sauf que d'habitude, j'ai de quoi la payer.

— Je ne sais pas pourquoi vous vous inquiétez. Avec la bourse de la fondation Dorland...

— Non ! l'interrompit-il en levant la main. Je ne veux pas parler de ça.

— Pourtant nous sommes sûrs de la toucher.

— Seulement si j'accepte les exigences de Hollinger. Et je ne trouve pas que ce soit une bonne idée.

— Comment ? Laisser son ex-fiancée travailler ici en échange de vingt-cinq mille dollars ? Je trouve que c'est une idée excellente, quant à moi !

La franchise d'Hazel fit tressaillir Matt. Peut-être parce qu'elle présentait la situation sous son vrai jour. Il ne s'agissait ni plus ni moins d'un pacte. Robert Hollinger était membre du comité de la fondation Dorland, qui réunissait plusieurs cabinets d'avocats et qui offrait tous les ans une bourse à des associations caritatives. Matt avait posé sa candidature sans trop y croire, et priant pour un miracle.

Trois jours plus tôt, à sa plus grande surprise, il avait reçu un appel de Hollinger. Après une petite conversation, celui-ci lui avait expliqué qu'il venait de rompre ses fiançailles avec Kay Ramsey. Il l'avait fait avec le plus de tact possible, bien sûr, mais au lieu de réagir comme une adulte, Kay s'était vengée sur ses pauvres cockers sans défense. A l'entendre parler, Kay était une sorte de sorcière malfaisante aveuglée par la haine, et qui détestait les animaux. Robert avait porté plainte, mais plutôt que d'exiger des dommages et intérêts, il avait demandé à Matt si elle pouvait venir accomplir des heures de travail volontaire et bénévole dans son refuge. Au début, tout cela paraissait très simple, mais après avoir discuté un moment avec Hollinger, Matt avait eu la certitude que l'avocat cherchait davantage une vengeance qu'une réparation. Et ce dernier lui offrait la bourse Dorland contre son aide.

20

Matt savait qu'il aurait dû mettre un terme à la conversation dès qu'il avait compris ce que voulait Hollinger, mais celui-ci avait fait preuve d'un véritable talent de persuasion. Il s'extasiait sur le travail formidable accompli au refuge, s'indignant qu'on puisse le fermer pour des raisons bassement financières. Les vingt-cinq mille dollars revenaient sans cesse dans sa conversation, comme une litanie. Au bout d'un moment, son ton chaleureux et son éloquence avaient totalement convaincu Matt, qui avait accepté de confier les tâches les plus pénibles du refuge à Kay Ramsey. Robert Hollinger lui avait alors promis d'user de toute son influence au sein du comité pour que la bourse lui soit attribuée.

— De nombreuses associations désirent se voir attribuer cette bourse, répondit Matt, et Hollinger va tricher pour que nous l'obtenions.

— Vous la méritez autant que les autres, rétorqua Hazel, alors où est le problème ? Comment croyez-vous que les autres organisations obtiennent leurs aides financières ? En connaissant les bonnes personnes aux bons endroits. Tout se fait par relations, ce n'est pas un mystère.

Cela n'empêchait pas Matt de ne pas aimer ce genre de procédé. Pas du tout, même. Pourtant, la bourse Dorland lui paraissait de plus en plus comme la dernière chance de sauver le refuge. Le refuge, la dernière chose qui tenait encore debout dans sa vie, quand tout le reste s'était effondré... Sa femme l'avait quitté, et le jugement du divorce l'avait dépouillé de tous ses biens. A tel point qu'il avait dû quitter sa maison pour venir habiter au premier étage de sa clinique, un an et demi plus tôt.

— Réfléchissez, docteur, insista Hazel. Nous avons besoin de vous. Les animaux ont besoin de vous...

Cette remarque fut suffisante pour chasser ses doutes. Les animaux, sa raison de vivre... Cette simple pensée lui rendit sa détermination.

— Ne vous inquiétez pas, Hazel, dit-il. Je ferai le nécessaire pour que le refuge continue sa mission.

En dépit des factures qu'il ne pouvait régler, des fournitures qu'il ne pouvait acheter et des matous agressifs qu'on ne cessait de lui apporter !

Et même si pour cela il devait affronter Kay Ramsey...

Le premier samedi matin qui suivit son accord avec Robert, Kay se présenta au refuge Westwood en regrettant de ne pas avoir suivi son instinct. Son pire cauchemar se réalisait sous ses yeux incrédules ! Elle se trouvait dans une pièce remplie de chats menaçants et effrayants qui malheureusement ne semblaient pas le moins du monde effrayés, alors qu'ils la terrorisaient ! Elle aurait peut-être réussi à en affronter un ou deux, mais une vingtaine ?

Et, plantée au milieu de la pièce, Hazel Willoughby, vêtue d'une blouse blanche, lui tendait le plus abominable ustensile que Kay eût jamais vu : une pelle en plastique rose pour excréments félins !

— Comme je vous l'ai déjà dit, déclara Kay sur le ton le plus aimable possible, j'ai une expérience de secrétariat. Il est dommage de sous-exploiter mes capacités professionnelles...

— Vous ferez ce qui doit être fait. Et les cages des chats ont besoin d'être nettoyées ! l'interrompit Hazel.

Tout cela n'était qu'un mauvais rêve, se répétait la jeune femme, au bord de la nausée.

2.

Kay avait pourtant suivi les conseils de Claire à la lettre. Depuis ses boucles d'oreilles en plaqué or jusqu'à la pointe de ses escarpins de cuir, elle était l'image incarnée de la secrétaire, mais à son grand désarroi, Hazel ne paraissait pas le voir. Non seulement celle-ci voulait la faire entrer dans la salle des chats, mais en plus nettoyer les cages ! Tout cela en tailleur et collants fins...

Hazel continuait de lui tendre la pelle rose, et Kay continuait d'ignorer cet ustensile.

— J'ai fait une école de secrétariat juridique, expliquait-elle. Je sais taper à la machine, utiliser un ordinateur, répondre au téléphone...

— On ne peut pas nettoyer les cages depuis le bureau de la réception.

— Mais vous ne comprenez pas que...

— Plus vous attendrez, et plus il y aura de saletés à nettoyer.

Kay n'en doutait pas un instant. Alors que ses yeux faisaient le tour de la salle des chats surpeuplée, un frisson d'appréhension la secoua. La plupart des animaux s'y promenaient librement. Certains étaient perchés sur les cages comme des vautours attendant leur proie, d'autre arpentaient la pièce tels des tigres en cage. Kay ne regarda même pas ceux qui dormaient : ses yeux tombèrent sur un véritable fauve à l'air furieux. Il était Dieu merci enfermé dans une cage, mais dardait dans sa direction des prunelles diaboliques qui semblaient lancer des éclairs de haine.

Hypnotisée par cet énorme chat, Kay sentit soudain quelque chose de poilu lui effleurer la cheville. Baissant la tête, elle découvrit un félin noir et mince qui se frottait contre son pied. Un cri d'horreur lui échappa alors qu'elle bondissait sur place. La seconde suivante, elle battait en retraite vers le bureau de la réception, suivie de près par la directrice du refuge.

— Appelez le Dr Forrester, déclara Kay, encore tremblante.

Hazel regarda par la fenêtre vers la maison voisine, une élégante demeure victorienne qui avait connu des jours meilleurs. Trois ou quatre chats prenaient le soleil sur le trottoir.

— Le docteur est occupé avec ses clients, répondit la vieille dame.

— Je m'en fiche ! Je...

Kay respira profondément pour reprendre son calme et retrouver sa courtoisie habituelle.

— Excusez-moi. Je dois vraiment le rencontrer maintenant, s'il vous plaît.

Si la directrice avait refusé, la jeune femme n'aurait pas hésité à se mettre à genoux pour implorer sa pitié. Si c'était le prix à payer pour ne pas plonger dans cet univers de félins, Kay l'aurait fait sans scrupules !

Heureusement, la vieille dame abandonna la lutte et décrocha le téléphone. Après une brève conversation, elle raccrocha et s'assit derrière le bureau. Elle plongea aussitôt le nez dans des mots croisés sans un seul regard vers Kay, alors qu'un chat siamois bondissait sur ses genoux en ronronnant.

Kay poussa un soupir de soulagement et profita de cette attente pour examiner le décor assez peu engageant qui l'entourait. Le refuge était installé dans une maison du début du siècle, située dans un quartier qu'elle évitait d'habitude soigneusement. Elle adorait les maisons anciennes, mais celle-ci aurait eu besoin d'une sérieuse restauration pour être agréable.

Des chaises en plastique orange absolument affreuses étaient alignées contre un mur de la réception, qui avait dû autrefois faire office de salon. Au fond, l'ancienne cuisine servait apparemment de débarras. La salle des chats avait été une vaste chambre, et la jeune femme refusait d'imaginer ce que pouvaient contenir les autres pièces...

Le vétérinaire qui dirigeait ce refuge serait sûrement plus facile à convaincre que cette vieille dame, songea-t-elle pour ne plus penser aux animaux qui l'entouraient. Il devait s'agir d'un vieux monsieur qui se laisserait attendrir par un battement de cils et un regard implorant. Kay n'aimait pas ce genre de méthode, mais les circonstances justifiaient n'importe quelle ruse !

Finalement, des pas se firent entendre sous le porche. Elle redressa les épaules et lissa sa jupe d'un geste de la main. Mais quand la porte s'ouvrit, la vision de l'homme qui entrait faillit la faire tomber à la renverse.

Etait-ce vraiment lui, le Dr Matt Forrester ?

3.

Kay entra dans son immeuble en catimini, certaine que sa propriétaire et ses voisins allaient détecter son arrivée à l'odeur. Mme Dalton, la vieille anglaise qui possédait cette demeure en brique des années 30, avait joliment décoré les parties communes avec ses propres objets. Il y avait un tableau ancien représentant une chasse à courre, une horloge du siècle dernier qui sonnait toutes les heures et un superbe vase en porcelaine de Wedgwood posé sur un guéridon en acajou, au pied de l'escalier. Kay avait l'impression de vivre chez la grand-mère qu'elle n'avait jamais eue. Et quand elle avait fait la connaissance de Sheila, cette maison était devenue son vrai foyer.

Evitant soigneusement le vase, elle passa sur la pointe des pieds sur l'un des tapis persans de Mme Dalton en espérant que rien de malhonnête ne s'était collé sous ses semelles. Alors qu'elle grimpait le grand escalier aux balustres sculptés, son cerveau répétait les directives qu'elle s'était données en quittant le refuge : « Rentre à la maison, prends un bain, et brûle tes vêtements ! »

En arrivant devant sa porte, la jeune femme vit un petit mot glissé sous le paillasson. Mme Dalton lui rappelait qu'elle devrait peut-être payer son loyer...

Après avoir en vain essayé de trouver un emploi dans un cabinet d'avocats, Kay avait fini par présenter sa candidature dans une agence d'intérim, moins exigeante sur ses références qu'un employeur à plus long terme. Et on lui avait attribué sa

26

première mission, qui commençait le lundi suivant, dans le cabinet Breckenridge, Davis, Hill, Scott & Woodster, pour remplacer une secrétaire en congé de maternité. Il lui faudrait cependant attendre la fin du mois avant d'avoir les moyens de payer Mme Dalton. Et elle devait absolument régler son loyer, même en se privant de nourriture. Il ne lui aurait plus manqué que de perdre son appartement !

Pendant des années, Kay avait habité dans un immeuble moderne et sans âme qui ne lui plaisait pas du tout. Quand elle avait commencé à travailler pour Robert, son nouveau salaire lui avait permis de quitter la médiocrité de son précédent logement et de s'installer dans l'élégance de cette demeure ancienne.

Tout la ravissait dans son appartement, depuis le parquet en chêne de la cuisine jusqu'aux ornements Art déco gravés dans le marbre de la cheminée du salon. Mais la plus grande qualité de cette maison, c'était l'interdiction faite aux locataires d'y introduire le moindre animal. Cette règle l'avait séduite lors de son emménagement. Désormais, Kay la trouvait encore plus merveilleuse !

La jeune femme commença par prendre un bon bain, puis s'autorisa une fin de journée oisive. Vers 19 heures, Sheila frappa à sa porte, une bouteille de vin dans une main et un bol de pop-corn dans l'autre.

— Ça commence dans cinq minutes ! déclara-t-elle en poussant Kay dans la cuisine.

— Jim ne vient pas ?

— Non, il a dit qu'il détestait ces séries idiotes.

— Mais vous ne vouliez pas passer la soirée ensemble ? Votre lune de miel vient à peine de se terminer.

— Justement, répondit Sheila en sortant deux verres d'un placard. C'est comme ça que l'on préserve l'harmonie conjugale. Si Jim ne regarde pas le film maintenant, nous ne risquons pas de nous disputer à ce sujet plus tard.

Cela paraissait très logique, et Kay en conclut qu'il lui fallait vraiment s'inspirer du comportement de son amie dans sa propre vie. Les deux jeunes femmes passèrent dans le salon avec les verres, le vin et le pop-corn, et s'installèrent dans le canapé, devant la télévision.

— Alors, raconte-moi comment s'est passée ta première journée en enfer, reprit Sheila.

— Si seulement ç'avait été l'enfer!

— Qu'est-il arrivé?

— Des crottes de chat! Voilà ce qui est arrivé!

— Ainsi tu t'occupes des animaux? s'exclama Sheila avec compassion. Comment le supportes-tu?

— Je vais terminer ces cent heures, Sheila, quoi qu'ils me fassent faire. Si je craque avant, Robert aura le dernier mot et je lui devrai encore trois mille dollars.

— Ainsi on t'a confié les tâches les plus ingrates? Je pensais que tu obtiendrais un travail de bureau.

— Le vétérinaire qui dirige le refuge en a jugé autrement. Il est encore plus impossible que Robert!

— Mais c'est un travail de volontaire, objecta Sheila. Explique-lui que tu es volontaire pour une autre tâche.

— J'ai essayé, tu peux me croire, rétorqua Kay en soupirant. En vain, il n'a rien voulu entendre.

— C'est un vieux bonhomme rébarbatif, c'est ça?

— Non, c'est un jeune homme rébarbatif.

— Mais alors où est le problème? s'exclama Sheila. C'est un homme, tu es une femme...

— Un vétérinaire, l'interrompit Kay. Il est exclu que je me lie d'amitié avec un type comme lui!

— Il est si laid que ça?

— Non, pas du tout, admit Kay.

— Alors, il est mignon?

Kay examina son verre rempli de vin. L'adjectif « mignon » ne convenait pas exactement à Matt. « Superbe » aurait été plus approprié. C'est le mot qui lui avait traversé l'esprit lors de leur première rencontre. Et même quand elle l'avait croisé à son départ du refuge, il lui avait fallu faire un effort pour se rappeler qu'elle était supposée être furieuse. Le souvenir de ces yeux de braise et de ce sourire lumineux ne la quittaient plus. Oui, Matt était vraiment superbe. Il n'avait pas la beauté froide de Robert, mais une séduction chaleureuse et envoûtante qui lui donnait envie de...

— Peu importe à quoi Matt Forrester ressemble! déclara-t-elle fermement. Il est désagréable, autoritaire et vétérinaire. Cela en dit assez long.

— Eh bien ! s'écria Sheila en souriant. Il doit vraiment être très beau !

Kay jeta à son amie un regard profondément irrité, puis attrapa la télécommande pour allumer la télévision. Heureusement, l'épisode de sa série préférée commençait, et elle n'entendit plus parler d'animaux ou de Matt Forrester.

« De vilains petits mensonges », promettait d'être la série de la décennie. L'intrigue mêlait le goût du pouvoir, la corruption, le sexe, la drogue et la violence, ingrédients nécessaires pour une aventure télévisuelle captivante. Et Kay décida que seule une guerre nucléaire pourrait lui en faire rater un épisode.

En dépit du suspense, la jeune femme ne put cependant pas chasser totalement son tortionnaire de son esprit. Quelque part, dans un recoin de son cerveau, ses pensées tournaient toujours autour de Matt, l'homme qui passait davantage de temps avec les animaux que Noé lui-même.

Aussi, lorsque le film fut interrompu par les publicités, Kay entendit une musique familière qui retint son attention. Il s'agissait d'une réclame pour quelque chose répondant au doux nom de « Super-Propre, la litière des chats modernes ». D'après la mère de famille qui souriait de toutes ses dents devant la caméra, Super-Propre rendait la litière ordinaire aussi obsolète que la machine à vapeur ou la cuisinière au charbon. Avec ses microbilles super-absorbantes qui fondaient en dégageant un parfum agréable, les saletés se retrouvaient enrobées dans un bloc facile à attraper et à jeter !

Kay en resta muette d'admiration quelques secondes.

— Sheila ! Regarde un peu ça ! C'est admirable !

— Kay, tu dérailles...

— Si tu avais passé ta journée à faire ce que j'ai fait, tu ne dirais pas ça, rétorqua Kay.

— Ils n'utilisent donc pas ce truc au refuge ?

— Non.

— Pourquoi ?

— Je n'en ai pas la moindre idée, mais tu peux me croire : je vais poser la question au Dr Forrester !

A 17 h 10 le lundi suivant, Kay sortit à toute vitesse des toilettes de son travail, vêtue d'un jean et d'un T-shirt. Elle portait son tailleur soigneusement accroché à un cintre, et ses escarpins dans un sac en plastique. Elle se précipitait vers les ascenseurs quand ses yeux tombèrent sur Albert Breckenridge, son patron temporaire.

Il l'examina de la tête aux pieds avec un air réprobateur.

— Mlle Ramsey, vous êtes dans un bureau! observa-t-il.

La jeune femme prit une expression de profonde horreur.

— Oh, je suis désolée, monsieur Brenckeridge! J'aurais juré qu'il était 17 heures passées! Oh, regardez, ajouta-t-elle en exhibant sa montre. D'ailleurs, il est 17 h 10! Mon Dieu, vous m'avez vraiment fait peur!

L'allusion ne pouvait être plus claire. Mais elle l'avait formulée si finement qu'il ne pouvait rien répondre. Le vieux monsieur se contenta de hausser un sourcil et de détourner la tête, comme si un simple contact visuel avec une personne aussi peu élégante lui était désagréable.

Ces avocats, quelle plaie! songea-t-elle.

Parfois, Kay se demandait ce qui avait pu la pousser à suivre les conseils de Claire et à entrer dans cette école de secrétariat juridique. Rester assise à un bureau n'avait déjà rien d'amusant, et il y avait en plus ce code vestimentaire... Si on lui avait dit alors qu'elle serait obligée de porter des collants tous les jours, jamais elle n'aurait accepté de suivre cette formation!

Vingt minutes plus tard, Kay se garait devant le refuge. Malgré l'heure, le soleil frappait encore avec force. L'été avait été particulièrement chaud, même selon les critères texans, ce qui en disait long! Elle entra dans la maison en savourant par avance la fraîcheur de l'air conditionné. Au lieu de ça, ce fut une vague de chaleur moite qui l'accueillit, imprégnée de l'odeur abominable des animaux. Hazel se tenait à son comptoir, comme d'habitude, et s'éventait à l'aide de son magazine de mots croisés.

— Ciel, quelle chaleur! s'exclama Kay.

— L'air conditionné est en panne.

— Et vous espérez que je vais travailler dans de telles conditions ?

— Non. J'ai déjà prévenu le docteur que vous alliez tourner les talons à peine arrivée.

Le défi ne pouvait être plus clair ! Kay soutint le regard de la septuagénaire sans flancher.

— Je n'ai pas la moindre intention de partir, rétorqua-t-elle.

Hazel haussa les épaules comme si cela lui était parfaitement indifférent, mais elle ne trompa pas Kay. Celle-ci savait que Hazel attendait avec impatience de la voir flancher, pour ensuite courir auprès de Matt et tout lui raconter ! Elle pouvait toujours attendre, songea la jeune femme, décidée à faire face.

— Sacrebleu !

L'exclamation retentit en même temps qu'un bruit métallique, comme si un bloc d'acier était tombé sur le plancher.

— Le docteur répare l'air conditionné, expliqua Hazel.

Matt était là ? Kay tendit le cou pour l'apercevoir et découvrit une paire de jambes à demi dissimulées par un placard, qui devait visiblement contenir l'appareil de climatisation.

— Il s'y connaît en mécanique ? demanda Kay.

— Assez pour réparer cet appareil. C'est toujours lui qui s'en occupe. Maintenant, si vous voulez vraiment rester...

— Tout à fait !

— ... il y a des litières à nettoyer.

— Encore ? Mais je les ai toutes changées samedi !

Hazel lui jeta un regard glacial qui exprimait clairement son antipathie.

La porte d'entrée s'ouvrit à cet instant, et Kay se retourna alors qu'une femme entrait, accompagnée d'un petit garçon. A sa grande surprise, Hazel se leva aussitôt et se précipita vers les nouveaux arrivants avec un sourire communicatif.

« Il faut t'y habituer, lui murmura sa conscience. C'est juste toi qu'elle déteste ! »

Haussant les épaules, la jeune femme s'attaqua à son travail ingrat. Mais alors qu'elle nettoyait les caisses, elle dut admettre que la présence des chats ne lui pesait pas autant que la semaine précédente. Il lui suffisait de travailler rapidement et de toujours surveiller du coin de l'œil le premier animal qui aurait eu la mauvaise idée de l'approcher de trop près. Quelques-uns en effet paraissaient imaginer qu'ils gagneraient une caresse en lui faisant leur cour, mais heureusement, la plupart se contentaient d'agir en vrais chats, c'est-à-dire d'ignorer tout humain qui ne portait pas une boîte d'aliments.

Il régnait une chaleur terrible dans la pièce, mais Kay ne se laissa pas décourager et accomplit sa tâche avec diligence, tant pour l'écourter au maximum que pour ne pas laisser à la vieille dame le loisir de la critiquer.

Après avoir terminé son nettoyage et passé un coup de balai dans la salle, Kay se rendit dans la réserve pour chercher de la nourriture pour chats et remplit les mangeoires des animaux. A 18 h 30, elle avait terminé. Ruisselante de sueur, elle allait sortir lorsqu'un faible bourdonnement retentit et une petite brise fraîche traversa l'atmosphère étouffante. L'air conditionné fonctionnait ! Se tournant vers la bouche d'aération, elle ferma les yeux pendant que le courant d'air lui caressait le visage.

— C'est mieux ?

Kay sursauta et découvrit Matt appuyé contre le chambranle de la porte. Son cœur bondit aussitôt dans sa poitrine pendant que ses yeux examinaient instinctivement la silhouette athlétique de l'homme qui la contemplait avec amusement.

— Oui, ça va mieux...

C'était un mensonge. Malgré l'air conditionné enfin en marche, Kay avait encore plus chaud qu'avant, et elle savait que la température de l'air n'y était pour rien ! La sueur et la saleté n'avaient pas la réputation de flatter qui que ce soit, et pourtant Matt avait détourné cette loi de la nature. Une trace de cambouis lui maculait la joue et disparaissait dans l'ombre bleutée de sa barbe naissante. Ses cheveux épais retombaient en mèches sur son front luisant, et son T-shirt humide lui collait à la peau, révélant un torse à la musculature de vrai sportif. Il était beau, viril et incroyablement sexy ! Elle, en revanche, avait l'impression d'être une loque nauséabonde...

« Et alors ? songea-t-elle, soudain furieuse. Je suis ici pour travailler, et peu importe ce que voit Matt Forester lorsqu'il me regarde. Même si mon mascara coule et me fait des yeux de raton laveur ! »

— Hazel pensait que vous refuseriez de travailler avec cette chaleur, reprit-il.

— Eh bien, Hazel avait tort. Si j'ai prévu de travailler, je travaille !

« Voilà pour toi, vieille chouette ! » ajouta-t-elle mentalement.

— Il y a quelques cannettes de soda dans le réfrigérateur, dit-il. En voulez-vous une ?

— Non, merci. Je vais rentrer chez moi maintenant, répondit-elle en passant devant lui.

— Un instant, Kay...

La jeune femme s'immobilisa alors qu'il la retenait par le bras. Et quand Matt leva la main et lui effleura la joue, elle crut que son cœur allait s'arrêter de battre ! Leurs yeux se croisèrent et le temps parut suspendre son vol.

— Vous aviez des poils de chat, murmura-t-il en retirant sa main.

Le charme fut aussitôt rompu. Se ressaisissant, Kay sortit de la pièce en maudissant sa faiblesse. Comment un homme qui lui convenait si peu pouvait-il l'attirer à ce point ?

Matt la suivit jusqu'au bureau de la réception et prit dans un tiroir le dossier qui contenait sa fiche horaire. Il attrapa un stylo pour la signer, puis se tourna vers elle avec un air sceptique.

— Dites-moi la vérité, dit-il. Vous avez passé la plupart de ce temps à jouer avec les chatons, n'est-ce pas ?

— Je ne joue jamais avec les chatons, rétorqua-t-elle d'une voix glacée. Et quand je dis que j'ai travaillé une heure, c'est que j'ai travaillé une heure ! Et pour rien au monde je...

La jeune femme aperçut trop tard la lueur malicieuse qui brillait dans les yeux de Matt et étouffa un cri de frustration.

— Oh, pour l'amour du ciel, murmura-t-elle en levant les yeux au ciel. Signez ça et fichez-moi la paix !

— Vous savez, reprit-il sans se départir de son sourire, vous accomplissez un si bon travail que j'ai pensé à une promotion. Vous faire passer des chats...

Kay tourna vers lui un regard plein d'espoir.

— ... aux chiens.

Elle lui arracha le formulaire des mains.

— Non, merci ! rétorqua-t-elle. Que la personne en charge de ce travail le garde ! Qui est-ce, d'ailleurs ?

— Moi-même.

— Vous n'avez pas d'autre volontaire ?

— Ils vont et ils viennent, vous savez. En général, ils partent après avoir lavé le chenil une fois ou deux.

— A propos de nettoyage, je voulais vous parler de la litière des chats. On pourrait vraiment trouver plus efficace.

— Comme tout le matériel qui nous entoure, confirma-t-il.

— Justement, j'ai pensé que ce serait bien mieux si nous utilisions la nouvelle litière Super-Propre. J'en ai vu la publicité à la télévision samedi soir. C'est plus hygiénique, cela ne sent pas mauvais et...

— Et ça coûte bien plus cher.

Kay s'attendait à cette objection et avait préparé sa réponse !

— Certes, mais c'est beaucoup plus pratique.

— Avec un prix deux fois plus élevé, c'est probable !

— Mais avec Super-Propre, je pourrais terminer le travail en deux fois moins de temps, et je pourrais alors faire autre chose. Si je suis plus productive, cela vous coûterait moins cher, au bout du compte !

Malgré la logique un peu complexe de son raisonnement, la jeune femme leva le menton d'un air convaincu et Matt, de son côté, se gratta la nuque, dubitatif.

— C'est une théorie intéressante, répondit-il, mais je crains de ne comprendre qu'une seule chose en économie : l'étiquette qui figure sur les articles !

— Mais, Matt...

— D'autre part, vous oubliez un détail important dans l'histoire : votre généreux bénévolat ne me coûte rien !

— Vous avez vraiment décidé de me rendre la vie le plus difficile possible, n'est-ce pas ? rétorqua-t-elle en le regardant droit dans les yeux.

— J'ai juste besoin que quelqu'un fasse ce travail, déclara-t-il en soupirant. C'est tout. Et je dois le faire faire en dépensant le moins d'argent possible.

— Cela ne coûterait que quelques dollars de plus.

— Quelques dollars qui sortiraient de ma poche, et que je ne peux pas me permettre de gaspiller.

Kay n'en croyait pas ses oreilles. Il préférait lui rendre la vie infernale pour économiser quelques malheureux billets verts ?

— Espèce de pingre !

— Moi, un pingre ? répéta-t-il, le regard soudain dangereusement étincelant. Suivez-moi donc !

Il l'attrapa par le bras sans lui demander son avis et l'entraîna sans ménagement vers le couloir. Là, il ouvrit la porte du placard où elle l'avait vu travailler un peu plus tôt, et lui montra une sorte de boîte métallique couverte de ruban adhésif.

— Maintenant, écoutez-moi bien, reprit-il. Je viens de passer les deux dernières heures dans une chaleur suffocante à tenter de réparer ce climatiseur en priant le ciel pour qu'il tienne jusqu'à l'automne. Après cela, je renverserai cette manette pour mettre le chauffage en marche ! Mais pour l'instant je suis épuisé, je meurs de chaud, et je n'ai pas la moindre envie de justifier auprès de vous ou de n'importe qui d'autre la manière dont je dépense mon argent ! Aussi, si j'entends encore un mot au sujet de cette litière, je mettrai des couches à tous les chats de ce refuge et j'exigerai de vous que vous les changiez au premier miaulement ! C'est compris ?

Trop choquée pour répondre, Kay se contenta de hocher affirmativement la tête.

— Parfait, conclut-il. Je suis content que nous ayons tiré cela au clair.

Sans ajouter un mot, il tourna les talons et disparut dans la cuisine. Quelques secondes plus tard, la porte arrière de la maison grinçait et se refermait en claquant. Matt avait quitté le refuge.

— Bon, j'ai compris, murmura Kay, enfin revenue de sa stupeur. Ce n'est pas la peine de s'énerver !

Elle se dirigea vers la réception, découragée à l'idée qu'il lui restait encore quatre-vingt-quinze heures à effectuer dans ce refuge. Mais au moment où sa main se posait sur la poignée, une idée lui traversa l'esprit. S'arrêtant, elle se retourna et examina le triste décor qui l'entourait. D'après ce que venait de lui dire Matt, le refuge fonctionnait avec un budget limité qui interdisait la moindre dépense superflue. Quel merveilleux point de départ !

Totalement revigorée, la jeune femme gagna sa voiture en se félicitant pour la bonne idée qui venait de lui traverser l'esprit !

A 21 h 30 ce soir-là, Matt regardait la télévision pendant que Buddy dormait sur ses genoux. Il avait vu le premier épisode de « Sales petits mensonges » le samedi soir, mais il avait du mal à fixer son attention sur le second, car ses pensées revenaient sans cesse vers Kay Ramsey.

Il avait complètement perdu son sang-froid pour cette stupide histoire de litière. Mais s'il y avait un sujet sur lequel il ne fallait pas le provoquer ces temps-ci, c'était bien celui de l'argent ! Kay avait malheureusement touché cette corde sensible, et avait même insisté jusqu'à ce qu'il sorte complètement de ses gonds...

Matt avait l'impression d'avoir de nouveau treize ans, quand sa mère avait deux emplois pour nourrir la famille que son mari lui avait laissée sur les bras en l'abandonnant. Même si Matt livrait des journaux le matin avant l'école et travaillait pour leurs voisins le week-end, ils avaient à peine de quoi survivre. Et le jour où il avait trouvé ce chien errant, ce petit chien si affectueux qui savait attraper un Frisbee au vol, il avait découvert qu'ils n'avaient pas assez d'argent pour lui acheter à manger.

Sa mère avait porté le chien à la SPA. Plus tard, Matt avait appris ce qui arrivait là-bas aux chiens que personne ne voulait adopter, et il avait juré qu'un jour, il aurait assez d'argent pour prendre soin des animaux errants, que ceux-ci trouvent un maître ou pas. Il avait réalisé son rêve deux ans plus tôt en inaugurant le refuge Westwood. Malheureusement, il ne savait plus à présent combien de temps il pourrait encore en garder les portes ouvertes... Certes, il avait réussi à remettre en marche ce climatiseur, mais tiendrait-il tout l'été ? Avec la chaleur qui accablait le Texas en ce moment, il serait obligé de fermer le refuge si l'appareil tombait de nouveau en panne...

Il était allé à sa banque la veille pour demander un nouvel emprunt. Mais avant même qu'il ait eu le temps d'en parler à son banquier, celui-ci lui avait rappelé qu'il avait un retard de deux mois dans le remboursement du prêt de sa maison... Matt n'avait pas insisté!

La bourse Dorland lui vint alors à l'esprit. S'il réussissait à garder le refuge ouvert assez longtemps pour que Kay Ramsey termine ses cent heures, il toucherait cet argent. Il n'aurait plus aucun problème alors pour remplacer l'air conditionné...

Non! Il ne devait pas compter sur cet argent. Kay pouvait ne jamais terminer ses heures. Elle pouvait décider de rembourser les trois mille dollars plutôt que de nettoyer davantage de caisses de chats. Et alors, adieu la bourse!

Après la fin du film, Matt éteignit la télévision et se coucha. Buddy grimpa sur le lit et s'allongea à ses pieds quand il éteignit sa lampe de chevet. Dans l'obscurité, la grande maison lui parut soudain encore plus silencieuse. Son lit lui semblait immense, vide et froid, et un profond sentiment de solitude l'envahit. Durant la journée, il arrivait à oublier cette solitude en se battant contre les obstacles qui se dressaient en travers de son chemin, mais la nuit, il n'y parvenait plus...

Il imagina alors qu'il tendait le bras et que sa main rencontrait le corps d'une femme qu'il attirait tout contre lui. Une femme à la peau douce et chaude qui se blottissait entre ses bras. Il sentait presque le parfum de ses cheveux et son souffle léger contre son épaule...

Soudain, un visage surgit de son inconscient et cette femme inconnue eut une identité. C'était Kay!

Il rouvrit brusquement les paupières. Kay? Kay Ramsey, dans son lit?

Avait-il perdu la raison?

4.

Il ne s'agissait que de son quatrième jour au refuge, mais Kay avait déjà l'impression d'avoir purgé une condamnation à vie. Deux nouveaux chats étaient arrivés, un gros matou gris et un maigre chat de gouttière, et tous deux mangeaient et salissaient leur caisse avec la même régularité désespérante que les autres pensionnaires.

Alors que la jeune femme ouvrait la boîte de nourriture, elle jeta un œil à la réception et vit Matt entrer, accompagné d'une femme qui devait avoir le même âge qu'elle. Celle-ci portait une robe longue en denim et des sandales. Dans ses bras se trouvait un chien qui devait être la créature la plus laide que Kay eût jamais vue. Il avait un pelage blanc sale et la tête carrée d'un pitbull, avec un corps difforme couvert d'une peau trois fois trop grande pour lui. Visiblement, il était à moitié bouledogue, mais la seconde moitié restait un mystère.

Alors qu'ils entraient dans le chenil, Matt tourna la tête vers la salle des chats et aperçut Kay.

— Kay ? Pourriez-vous venir une minute ?

La jeune femme lui obéit à contrecœur et les rejoignit.

— Kay, je vous présente Becky Green. C'est une de mes nourrices temporaires. Becky, voici Kay Ramsey, notre nouvelle bénévole. Elle vient une heure tous les soirs et travaille également quelques heures durant le week-end.

— C'est formidable ! s'écria Becky en lui souriant. Je

suis tellement contente de rencontrer quelqu'un qui aime vraiment les animaux !

Matt jeta un regard lourd de sous-entendus à Kay, et celle-ci eut l'impression d'être une espionne ayant pénétré derrière les lignes ennemies.

— Et voici Chester, ajouta Becky en désignant le chien.

Kay observa l'animal disgracieux et constata soudain qu'il lui manquait la patte avant droite.

— Dieu du ciel, que lui est-il arrivé ?

— Il s'est coincé la patte dans un piège, expliqua Matt. J'ai essayé de la sauver, mais la plaie était trop infectée quand on nous l'a amené et j'ai dû l'amputer. Becky l'a gardé pendant sa convalescence, et maintenant il est temps pour lui de trouver un foyer.

— C'est vraiment un brave chien, reprit Becky, même s'il n'est pas un prix de beauté. J'espère qu'il y aura quelqu'un qui oubliera sa patte et découvrira quel animal sympathique il est.

Mais en voyant l'expression sceptique de Matt et Becky alors qu'ils observaient Chester, Kay comprit qu'ils doutaient fort que cela arrive. Quelque chose lui serra alors le cœur d'une manière inexplicable. Becky se pencha vers le pauvre chien et lui embrassa la tête.

— Je dois partir, mon chou, dit-elle. Sois gentil et je suis sûre que tu trouveras une famille pour t'adopter.

Chester s'agita dans les bras de Matt et donna un coup de sa grande et affreuse langue de bouledogue à la jeune femme. Kay se détourna avec dégoût et croisa le regard de Matt, qui fronça les sourcils d'un air presque menaçant.

— Quelque chose ne va pas, Kay ? demanda Becky en se redressant. Vous avez l'air malade.

— Non, je ne suis pas malade.

— En êtes-vous certaine ? insista Matt. Je vous assure que vous n'avez pas l'air dans votre assiette. D'ailleurs, je me demande si je ne devrais pas vous renvoyer chez vous sans attendre.

— Et qui prendra soin de mes précieux petits chats ? rétorqua Kay en lui adressant un sourire crispé. Non, Matt ! Plutôt mourir que de les abandonner !

Il lui jeta un regard aigu qui semblait signifier « on peut toujours arranger ça ! » Mais Becky ne saisit pas cet échange et adressa un grand sourire à Kay.

— Je crois que vous aimez autant les chats que moi les chiens ! s'exclama-t-elle, ravie. Matt a vraiment de la chance de vous avoir !

— Oui, c'est ce que je me répète tous les jours, déclarat-il sur un ton quelque peu acide.

Lorsque Becky fut partie, Matt retint Kay.

— Est-ce que vous voulez vraiment que tout le monde sache pourquoi vous êtes ici ? lui demanda-t-il.

La jeune femme aurait aimé lui répondre que rien ne pouvait la laisser plus indifférente, mais bizarrement, il n'en était rien.

— Pas particulièrement, rétorqua-t-elle.

— Alors pourriez-vous jouer un petit peu la comédie ? Je ne vous demande pas une performance digne des Oscars, mais vous pourriez vous arranger pour ne pas paraître dégoûtée à chaque instant !

— Sans problème, Matt. Je suppose que j'arriverai à feindre n'importe quoi pendant cent heures... enfin, non : quatre-vingt quatorze !

— J'aimerais quand même bien savoir ce que vous avez, au juste. Chaque fois que vous approchez d'un animal, on dirait que vous vous trouvez au milieu d'une léproserie !

La jeune femme faillit lui avouer toute la vérité. Elle faillit lui dire qu'elle détestait les animaux, qu'ils la rendaient malade de peur, qu'ils la révulsaient littéralement... Mais son bon sens la retint à temps.

— Je ne les aime pas, c'est tout. Est-ce si difficile à comprendre ?

— Je suis vétérinaire, répondit-il en souriant. Alors évidemment, j'ai du mal à vous comprendre !

Il avait parlé d'un ton léger, mais au fond, Kay savait qu'il ne plaisantait pas. Heureusement, la sonnerie du téléphone vint interrompre leur tête-à-tête. Matt se rendit au comptoir de la réception pour répondre et Chester le suivit en boitillant.

Kay retourna dans la pièce des chats en espérant que Matt n'aborderait plus le sujet de son aversion pour les animaux. Après tout, que lui reprochait-il ? Elle était ponctuelle, travaillait dur et ne resquillait pas une seule minute de son temps.

Quelques instants plus tard, alors qu'elle nettoyait la cage d'un chat, un petit chaton tigré passa les deux pattes à travers les barreaux et se mit à miauler plaintivement. La jeune femme jeta un regard par la porte et vit que Matt parlait toujours au téléphone.

Reportant son attention vers le chaton, elle dut admettre qu'il était assez attendrissant. Il ressemblait à une petite peluche ébouriffée. « Pourquoi ne pas le tenir quelques secondes ? se dit-elle. Après tout, je suis bien plus grosse que lui, il ne pourra pas me faire de mal... »

Après l'avoir observé un long moment, elle ouvrit la porte de sa cage et le souleva à bout de bras. Il ne pesait presque rien... Avec un effort de volonté, elle le posa alors contre sa poitrine et lui caressa la tête. Le chaton se mit à ronronner de plaisir.

— Vous voyez, cela n'a rien de si terrible...

Kay sursauta et se retourna vers la porte. Matt la contemplait, un petit sourire au coin des lèvres. Par réflexe, elle voulut alors repousser le chaton, mais celui-ci planta les griffes dans son T-shirt et s'accrocha à elle ! En dépit de tous ses efforts, il refusa de la lâcher...

— C'est comme avoir un chewing-gum sous sa semelle, n'est-ce pas ? fit observer Matt, amusé.

— Le petit monstre me tient entre ses griffes, s'écria-t-elle.

— Oui, c'est un vrai petit monstre d'au moins cinq cents grammes !

— Matt, faites quelque chose, pour l'amour du ciel !

Ce dernier s'approcha, attrapa le chaton et examina ses pattes. Il fronça alors les sourcils, comme si un problème insurmontable venait de se présenter.

— Bon sang, Kay, il est réellement agrippé à vous... Vous allez peut-être devoir le porter jusqu'à ce qu'il s'endorme.

— Débarrassez-moi de cet animal !

Matt s'attaqua enfin à la tâche, décrochant une à une les griffes du chaton en prenant tout son temps. Kay lui jeta un regard furibond.

— Je suppose que vous trouvez ça très drôle !

— Pas du tout ! rétorqua-t-il, indigné. Un accrochement de chaton est un problème très sérieux. D'ailleurs, si je ne parviens pas à vous libérer, nous serons obligés d'appeler les pompiers. Ils découperont votre T-shirt et...

— Arrêtez de raconter n'importe quoi et débarrassez-moi de ce chat ! l'interrompit Kay, furieuse.

Pendant qu'il s'y employait, la jeune femme essaya de ne pas le regarder. Mais malgré ses efforts pour fixer un point situé à l'autre bout de la pièce, ses yeux revenaient sans cesse sur ses mains. Ses mains solides et souples qui effleuraient parfois sa poitrine... Elle finit par fermer les paupières, sans savoir si c'était le chat ou ces mains qui la perturbaient le plus. Finalement, au bout d'un temps qui lui parut durer une éternité, Matt réussit à la libérer du petit chat.

Kay fit instinctivement deux pas en arrière.

— Pourquoi ne voulait-il pas me lâcher ? demanda-t-elle.

— Peut-être qu'il vous aime bien, répondit Matt en serrant l'animal contre son torse.

— Impossible ! Les animaux ne m'aiment pas, surtout les chats.

— Oh, je vous en prie ! s'exclama-t-il d'un air agacé. A vous entendre, on dirait que toute la population féline a décidé de vous détester !

— C'est très possible, répondit-elle d'un air sombre.

— Soyez raisonnable, dit-il avec un sourire irrésistible.

Son sourire lui fit presque oublier qu'elle se trouvait dans une pièce remplie de petits félins. Presque...

— Ecoutez, Matt, je suis sûre que ce chaton est adorable et qu'il fera un merveilleux animal de compagnie. Mais maintenant, pouvez-vous le remettre dans sa cage, s'il vous plaît ?

Matt poussa un soupir résigné et approcha de la cage du

42

chaton. Quand il voulut le reposer à l'intérieur, celui-ci s'accrocha à son T-shirt exactement comme il l'avait fait un instant plus tôt avec Kay. Cette dernière eut un petit sourire ironique.

— On dirait qu'il vous aime beaucoup, vous aussi !

Mais à sa grande surprise, Matt n'eut qu'à lui prendre les pattes pour lui faire lâcher prise. Il le déposa ensuite dans sa cage et la referma, le tout en quelques secondes. La jeune femme le contempla, bouche bée.

Il lui fit alors un clin d'œil et sortit tranquillement de la pièce en sifflotant.

Quelques jours plus tard, Kay n'avait toujours pas pardonné à Matt de s'être servi de ce chaton pour la ridiculiser. Ce souvenir la faisait fulminer chaque fois qu'il lui traversait l'esprit. Heureusement, ils ne s'étaient pas croisés depuis l'incident. Kay aurait été capable de le gifler s'il l'avait encore regardée avec ce petit sourire ironique particulièrement exaspérant...

La jeune femme rangeait un balai dans la réserve lorsque la porte arrière du refuge claqua. Ashley et Mandy, les deux adolescentes, venaient d'entrer de leur promenade avec Rambo et un autre chien plus petit. Après avoir observé les deux jeunes filles plusieurs jours de suite, Kay savait désormais pourquoi on leur avait attribué la tâche plutôt facile de sortir les chiens...

Après avoir enfermé le petit chien dans sa cage, Mandy jeta un regard par la porte vers la réception. Un cri étranglé lui échappa aussitôt.

— Oh, mon Dieu ! Ashley, il est là !

— Où ça ?

— Là ! Il vient d'entrer par la porte de devant !

Ashley se dépêcha de faire entrer Rambo dans sa cage et repoussa la porte de celle-ci d'un coup de pied avant de se précipiter vers son amie, qui paraissait au bord de la crise cardiaque.

— Pousse-toi ! lui dit-elle. Je veux le voir.

— Attends, je n'ai pas eu le temps de le regarder !

La curiosité de Kay fut piquée alors que les deux filles se bousculaient derrière la porte. De qui pouvaient-elles parler ? Elle jeta un regard dans le couloir et resta un instant intriguée. Le seul membre du sexe opposé en vue était Matt, accoudé contre le comptoir de la réception.

Matt ?

— Regarde ce sourire ! s'exclama Ashley avec un soupir théâtral. As-tu jamais vu quelque chose de plus craquant de ta vie ?

— Jamais ! Il est si mûr !

— Il a trente-deux ans, j'ai demandé à Hazel.

— Trente-deux ans ? répéta Mandy, horrifiée. Il est assez vieux pour être notre père !

— Seulement s'il nous avait eues très jeune, fit observer Ashley.

— De toute façon, ça n'a aucune importance, conclut Mandy. J'ai décidé que je n'étais attirée que par des hommes plus âgés que moi.

— Même s'il est divorcé ?

— Divorcé ? Impossible !

— Pourtant, c'est vrai !

Matt ? Divorcé ? Kay n'avait jamais envisagé cette éventualité. Mais d'un autre côté, cela semblait logique. Un homme aussi séduisant que lui ne pouvait pas atteindre l'âge de trente-deux ans sans qu'une femme...

« Arrête, Kay ! Tu ressembles à ces gamines ! » lui déclara sévèrement sa conscience.

— Je vais lui parler, annonça Ashley d'un ton téméraire. Tu viens avec moi ?

— Oh non ! Je mourrai s'il m'adresse la parole ! s'exclama Mandy.

Juste à ce moment, Matt tourna la tête et les aperçut. Il leur adressa un grand sourire et leur fit un signe de la main.

— Salut, les filles !

Les deux adolescentes répondirent à son geste, puis repoussèrent la porte avant de partir d'un fou rire nerveux. Ashley insista pour qu'elles aillent lui parler, mais Mandy

44

continua de refuser fermement. Ce fut elle qui finit par gagner. Les deux camarades retournèrent dans le chenil en pouffant pour sortir deux nouveaux chiens.

Kay continua de fourrager dans le placard de la réserve jusqu'à leur départ, puis jeta un coup d'œil vers le comptoir de la réception. Matt discutait avec Hazel, qui tenait comme d'habitude un carnet de mots croisés sur les genoux.

Kay aurait dû réfléchir avant de passer à l'attaque, mais elle quitta la réserve et marcha tout droit vers la réception.

— Tiens, voilà Kay ! déclara Matt en la voyant. Bonjour. Comment cela se passe ? Pas d'attaque de monstre griffu aujourd'hui ?

— Non, pas du tout, répondit Kay avec un sourire angélique. Tout va très bien. Merci beaucoup de vous en inquiéter.

Le sourire de Matt disparut. Quelque chose se préparait, et il le devinait.

— Alors, dites-moi donc, reprit la jeune femme en balayant une poussière imaginaire sur le comptoir. Quel cœur allez-vous briser, aujourd'hui ?

— Pardon ? répondit-il, interloqué.

— Vous ne pourrez pas les avoir toutes les deux, savez-vous...

— De quoi parlez-vous ? demanda-t-il, encore plus surpris.

— De Mandy et d'Ashley, évidemment !

Il la contempla avec stupeur, ne comprenant visiblement rien.

— Enfin, Matt, vous avez quand même remarqué qu'elles passent leur temps à vous regarder avec des yeux de merlan frit, non ?

— Des yeux de merlan frit ? Mais pourquoi me regarderaient-elles avec des yeux de merlan frit ?

— Parce qu'elles aiment les hommes plus âgés, les hommes matures, rétorqua Kay avec une innocence feinte.

Il fallut un instant à Matt pour comprendre ce qu'elle venait de lui dire, et une expression de total désarroi se peignit alors sur son visage.

— Oh... Vous plaisantez, n'est-ce pas ?

— Pas le moins du monde. Et vous devriez être prudent. Si vous souriez encore à ces filles comme vous venez de le faire il y a encore une minute, l'une d'elles risque de tomber raide morte ! Il faudra alors que vous la ranimiez en lui faisant le bouche-à-bouche, et avant que vous compreniez ce qui vous arrive, elle peindra votre nom à la bombe sur tous les murs de la ville et vous invitera au bal du lycée !

Matt avait l'air tellement déconcerté que Kay eut pitié de lui pendant un instant. Puis l'incident du chaton lui revint à la mémoire, et sa pitié s'évapora.

— Je pensais qu'il valait mieux que vous soyez au courant, reprit-elle d'une voix soudain plus grave. Au cas où un père furieux entrerait ici avec un fusil en vous demandant quelles sont exactement vos intentions !

— Mes intentions ? Mais enfin, ces filles ont seize ans !

— Justement ! rétorqua Kay, triomphante. Il y a des lois contre ce genre de choses !

Matt ressemblait désormais à un animal pris dans les phares d'une voiture. Kay ne se souvenait pas depuis combien de temps elle n'avait pas connu une aussi intense délectation ! Le fait qu'il ne se soit même pas douté que ces adolescentes s'étaient entichées de lui rendait la situation encore plus savoureuse !

— Très bien, docteur Ramsey, reprit-il en tentant de cacher son trouble. Puisque vous avez si brillamment diagnostiqué ce problème, dites-moi comment je dois le traiter.

Décidément, il tendait le bâton pour se faire battre ! Kay retint à grand-peine son fou rire et s'efforça de garder une expression sombre.

— Il se réglera tout seul, annonça-t-elle.

— Humm ?

— Vous voyez, Matt, ces adolescentes changent d'amourettes comme de vêtements. Laissez-leur quelques semaines, et un matin, elles se réveilleront et vous verront comme le vieil homme décrépit que vous êtes ! Elles tomberont alors amoureuses du capitaine de l'équipe de football de leur lycée, comme les autres.

46

— Kay a raison, vous savez...

Hazel venait de prononcer son verdict sans même lever le nez de ses mots croisés. Matt la contempla avec surprise.

— Alors vous aussi, vous l'aviez remarqué ?

— Bien sûr que oui.

— Pourquoi ne m'en avez-vous rien dit ?

— Je pensais que vous l'aviez compris. Tout le monde le savait...

Kay ne s'attendait pas à ce que la vieille dame jette de l'huile sur le feu, et la mine sidérée de Matt la combla de plaisir.

— Mais ne vous inquiétez pas, poursuivit Hazel, comme le dit Kay, elles auront oublié tout cela dans quelques semaines. Vous serez alors devenu invisible, pour tout le monde sauf pour Kay, ajouta-t-elle en levant enfin les yeux de son magazine. Car elle vous regarde avec encore plus de convoitise que Ashley et Mandy réunies !

5.

Kay sentit le feu lui monter aux joues et regretta soudain que le sol ne s'ouvre pas sous ses pieds pour l'engloutir. Hazel avait frappé tellement juste qu'elle cherchait en vain quelque chose à répondre !

La vieille dame replongea dans ses mots croisés sans paraître remarquer qu'elle venait de jeter une bombe. Kay resta muette, se préparant à recevoir le premier objet que Matt lui lancerait à la figure. Car après la manière dont elle l'avait agressé, il n'avait aucune raison de l'épargner !

Mais au lieu de profiter de l'occasion de la tourner en dérision, il ne prononça pas un mot. Ils restèrent un moment à se regarder en silence. Matt avait la bouche ouverte, et Kay savait que son expression ne devait pas être plus intelligente. Les secondes passèrent pendant que quelque chose se produisait entre eux, quelque chose qu'elle aurait été incapable de définir et qu'elle n'attendait pas du tout.

Finalement, Matt s'éclaircit la gorge et se tourna vers Hazel pour lui dire de commander du papier pour l'imprimante. Puis il s'engagea dans le couloir et disparut dans la pièce du fond avant de refermer la porte derrière lui.

Kay jeta un regard à Hazel, qui n'avait pas relevé le nez de ses mots croisés. Ses émotions pouvaient donc se lire si facilement sur son visage ? Mentalement, la jeune femme se jura, mais un peu tard, de ne plus regarder Matt en présence de la vieille dame. Sa décision prise, elle gagna la salle des chats et se mit à nettoyer les litières avec rage tout en s'énumérant les raisons qui rendaient toute relation intime avec Matt totalement impossible. Premièrement, il était vétérinaire. Ensuite, comme Robert, il avait décidé de faire de sa vie un enfer.

Et troisièmement, il était vétérinaire !

Une heure plus tard, avant de sortir du refuge pour rejoindre sa clinique, Matt s'arrêta devant le bureau de Hazel.

— Je crois que vous avez embarrassé Kay tout à l'heure, lui dit-il.

— Elle vous a embarrassé elle aussi, fit observer Hazel avec un haussement dédaigneux des épaules. J'ai pensé qu'il était temps de lui rendre la monnaie de sa pièce.

— Alors, c'est vrai qu'elle me regarde souvent ? demanda-t-il d'un air détaché.

Hazel le contempla en fronçant les sourcils.

— Dieu du ciel ! Ne me dites pas que, vous aussi, vous la lorgnez à la dérobée !

— Non, bien sûr que non, protesta Matt avec un sourire forcé. Je voulais juste savoir, c'est tout...

Il voulait savoir, en effet ! Savoir pourquoi Kay n'avait pas démenti les accusations de la vieille dame. Jusqu'à présent, elle ne mâchait pourtant pas ses mots quand quelque chose n'allait pas ! Mais cette fois-ci, elle s'était contentée de le regarder avec ses grands yeux bleus écarquillés, sans dire un mot et les joues en feu... Si seulement elle avait protesté, il aurait pu lui envoyer quelques blagues. Ils auraient échangé deux ou trois amabilités, et l'incident aurait été clos...

Mais elle n'avait rien dit. Ils étaient restés là, à se dévisager en silence, jusqu'à ce que leur face-à-face devienne franchement embarrassant et que chacun choisisse de s'éclipser.

Ainsi, Kay pensait à lui elle aussi !

Cette pensée réveilla aussitôt les fantasmes qu'il s'efforçait d'étouffer depuis quelques jours. Il fit un effort pour envisager la situation de manière logique. Kay était une des rares jeunes femmes séduisantes et libres qu'il avait rencontrées depuis qu'il avait recouvré sa liberté de célibataire. Cela méritait d'être noté. Mais d'un autre côté, il devait se rappeler qu'elle lui était interdite. S'il entamait une liaison avec elle et que Hollinger l'apprenait, Matt se doutait bien qu'il pourrait dire adieu à la bourse Dorland !

« Tu as consacré ta vie à ton refuge, et la survie de celui-ci dépend entièrement de Hollinger, ne l'oublie pas ! » lui rappela sa conscience.

— Vous n'aimez guère cette jeune femme, n'est-ce pas ? demanda-t-il à Hazel.

— Pour moi, les gens qui n'aiment pas les animaux ne sont pas tout à fait normaux, répondit-elle.

— Je l'ai vue en train de câliner un petit chat il y a quelques jours. Je crois qu'elle a du cœur, finalement.

— Docteur, je sais que vous êtes aussi chirurgien, mais je suis sûre que même vous ne le trouveriez pas dans sa poitrine !

Possible. Et pourtant, Matt ne pouvait s'empêcher d'en rêver...

Kay tira un sac de saletés vers la porte arrière, contente de se débarrasser des dernières traces du nettoyage de la salle des chats. Il était presque 18 h 45, ce qui lui laissait juste le temps de rentrer chez elle, de prendre un bain et de s'asseoir devant la télévision avec Sheila pour regarder le dernier épisode de « Sales petits mensonges ».

Alors qu'elle s'apprêtait à sortir, son regard tomba sur la cage de Chester. Le vilain petit chien la contempla tristement et laissa échapper un profond soupir, la tête posée sur son unique patte avant. La jeune femme sentit de nouveau son cœur se serrer péniblement. Comment Matt espérait-il jamais trouver un maître à cet affreux bâtard ? Des chiens bien plus beaux que lui passaient parfois des semaines au refuge avant de trouver un foyer, voire des mois... Et ils avaient tous au moins une qualité qui plaidait en leur faveur. Pas Chester.

Bon, il n'aboyait pas beaucoup. C'était un plus. Il avait peut-être compris l'inutilité de cet effort, puisque personne n'aurait pu l'entendre : sa cage était voisine de celle de Rambo qui aboyait tout le temps sans aucune raison valable. D'après ce que Kay avait pu voir, Chester était un animal calme et tranquille ; mais qui serait assez fou pour oublier sa patte manquante ?

La jeune femme traîna le sac en plastique jusque dans la cour de la maison en laissant la porte entr'ouverte, et le jeta dans la poubelle. Au moment où elle refermait le couvercle, une grosse masse noire passa dans son dos. Etouffant un cri de surprise, elle se retourna juste à temps pour voir Rambo bondir par-dessus la clôture !

— Rambo ! hurla-t-elle.

L'animal stupide la contempla une seconde d'un œil vide, puis s'élança dans la rue. Comment avait-il pu sortir de sa cage ? Ashley ! pensa-t-elle brusquement. Cette gourde avait tellement hâte de voir Matt qu'elle a mal refermé la porte !

Kay s'approcha de la barrière et regarda le chien qui gambadait le long du trottoir. Elle ne pouvait pas se lancer à sa poursuite ! Ce n'était pas un chien, mais un chien énorme, un chien gigantesque, un chien à la puissance dix ! Rien au monde n'aurait pu la convaincre de tenter de le rattraper !

Elle s'apprêtait à rentrer pour prévenir Matt et Hazel quand elle remarqua que l'animal avait déjà atteint le bout de la rue et qu'il tournait dans Gibson Street. Elle l'imagina aussitôt se précipitant sous une voiture et se faisant écraser. Et elle imagina la réaction de Matt si cela se produisait... Il aimait chacun de ses animaux, même un chien sans cervelle comme Rambo, et il leur consacrait sa vie. Comment, alors, pouvait-elle regarder l'un de ses protégés s'enfuir sans bouger ?

Soudain, Kay se mit à courir. Arrivée au bout de la rue, elle vit Rambo à deux cents mètres, en train de jouer avec un homme qui arrosait sa pelouse. Pendant la demi-heure suivante, elle le rejoignit plusieurs fois et faillit l'attraper à une douzaine de reprises, pour le voir s'échapper au dernier moment. Finalement, profitant de ce qu'il reniflait longuement un petit terrier, elle s'approcha de lui sur la pointe des pieds, le saisit par le collier et planta ses talons dans l'herbe alors qu'il tentait de s'enfuir.

Lorsqu'il comprit que son escapade tirait à sa fin, Rambo se calma. Kay détacha alors sa ceinture et la noua à son collier pour en faire une laisse, le tout en maugréant à voix basse. Sans cesser de le gratifier de tous les noms d'oiseaux de la terre, elle entreprit alors de le ramener au refuge. Il ne lui fut pas facile d'oublier la tornade canine de cinquante kilos qui tirait sur sa trop courte ceinture, mais la perspective de bientôt voir le dernier épisode de « Sales petits mensonges » lui donna du courage. Le soleil était sur le point de disparaître à l'horizon lorsqu'ils arrivèrent enfin au refuge. Au bord de l'épuisement, Kay grimpa les marches du porche et tourna la poignée de la porte.

Celle-ci était fermée à clé !

La jeune femme donna quelques coups de pied dans l'huisserie en criant aussi fort que possible, mais personne ne répondit. Un terrible sentiment d'abandon l'envahit alors. Tout le monde était parti !

Personne n'avait donc remarqué son absence ? Ni celle de Rambo ? Pourtant, ce dernier ne se laissait pas facilement oublier !

Désespérée, elle poussa le gros chien et se dirigea vers la clinique de Matt. Sa panique grimpa encore de quelques degrés lorsqu'elle vit qu'il n'y avait pas la moindre lumière aux fenêtres. Là non plus, personne ne répondit à ses coups de sonnette. Etait-il sorti pour quelques instants, ou pour toute la soirée ?

— Je n'y crois pas ! murmura-t-elle entre ses dents. Tout cela ne peut pas m'arriver ! C'est un cauchemar !

Un coup d'œil à sa montre lui indiqua que son film commençait vingt-cinq minutes plus tard. Rater le dernier épisode n'était même pas envisageable. Il ne lui restait qu'une solution...

Kay tira Rambo jusqu'à sa voiture et le fit grimper à l'arrière. Heureusement, elle avait son trousseau de clés dans sa poche ! Elle se glissa derrière le volant et braqua un œil sévère sur son passager.

— Ecoute-moi bien, grosse brute! Je ne peux pas attendre ici toute la soirée, alors tu vas venir chez moi. Tu vas t'installer dans ma cuisine comme un gentil petit toutou, et tu y resteras sans bouger jusqu'à ce que je joigne Matt. Je ne veux pas entendre un bruit d'ici là, c'est bien compris? Tu dois être sage comme une ima...

Rambo bondit sur le siège avant et lui passa la langue sur la figure. La jeune femme le repoussa avec dégoût. Sans se démonter, l'animal colla sa truffe humide sur la vitre du passager et se mit à aboyer. Le bruit résonna dans l'habitacle comme une véritable explosion.

— C'est une mauvaise idée, grommela Kay en démarrant. Une très mauvaise idée!

Matt grimpa sur le podium de fortune installé dans la cantine de l'école élémentaire Thomas Jefferson, et s'adressa aux dames du McKiney Metropolitan Ladie's Club. On lui avait souvent demandé de parler du refuge en public au cours de l'année, et il accomplissait toujours cette corvée en songeant aux donations que cela pouvait lui rapporter. Pourtant, il détestait faire des discours...

— ... et comme je vous l'ai déjà dit, vous pouvez visiter le refuge quand bon vous semble pour voir comment nous aidons ces animaux. Si vous avez un peu de temps libre, sachez également que nous avons cruellement besoin de bénévoles, que ce soit pour travailler au refuge ou pour prendre en pension nos amis convalescents. Bien sûr, si vous désirez adopter l'un d'entre eux, nous en avons de nombreux à vous proposer. On peut les aider de plusieurs façons possibles, et le moindre geste de votre part changera peut-être pour toujours la vie d'un des animaux du refuge. Ils vous remercient tous par avance, tout comme moi.

Alors que ces dames l'applaudissaient, Mme Flaherty, la présidente du Club, lui tendit une enveloppe et prit le micro.

— Docteur Forrester, je sais que je parle au nom de chacune d'entre nous, déclara-t-elle. Nous pensons toutes que votre refuge est une institution merveilleuse, et à ce titre, nous aimerions vous offrir une modeste donation.

Modeste ? Matt croisa les doigts pour que ce ne soit qu'une figure de style.

— Dr Forrester, au nom du McKiney Metropolitan Ladie's Club, veuillez accepter ce chèque de cent dollars.

Matt cacha à grand-peine sa déception. Cent dollars ? Est-ce que la banque le remarquerait s'il ajoutait quelques zéro ?

Il se força à sourire alors que Mme Flaherty lui tendait le chèque et la remercia chaleureusement, ce qui souleva une vague d'applaudissements. Une nouvelle fois, il regretta de ne pas être ailleurs...

Lorsqu'il réussit enfin à échapper à la horde de dames jacassantes, il commençait à pleuvoir. Il courut jusqu'à sa voiture avec une seule idée en tête : rentrer chez lui, ôter son costume, et peut-être utiliser le chèque comme marque-page...

Cent dollars !

Une fois derrière le volant, il prit le temps de souffler avant de démarrer. Il devait cesser de se plaindre. Ce n'était la faute de personne s'il ne pouvait refuser aucun des animaux qu'on lui confiait. La faute de personne si son ex-femme vivait avec son salaire à elle et la moitié de son salaire à lui ! Cent dollars, ce n'était rien, mais c'était mieux que rien ! Et justement, il n'aurait rien eu s'il était resté chez lui à boire une bière sur son canapé en regardant cette mini-série idiote !

Il mit le contact et prit le chemin du retour, un peu calmé. Quand il s'engagea un moment plus tard dans sa rue, il vit une voiture devant sa maison. Il s'arrêta juste derrière et sortit. La pluie tombait aussi drue à présent qu'une douche tiède. La soirée avait été plutôt ennuyeuse jusque-là, mais en arrivant sous son porche, il eut soudain la certitude que cela n'allait pas durer.

Kay Ramsey était assise devant sa porte, tenant Rambo en laisse !

6.

Matt grimpa lentement les marches du porche. Kay se leva, avança de quelques pas et lui fourra la laisse entre les mains, ce qui lui permit de constater qu'il s'agissait en fait d'une ceinture de femme de cuir. En même temps, Rambo se dressa sur ses pattes arrière, s'appuya sur ses épaules et le débarbouilla en quelques coups de langue.

— Rambo! Salut, mon vieux!

Il gratta doucement la tête du chien et lança un regard vers Kay. Aussitôt, un malaise lui noua l'estomac. Il y avait quelque chose d'anormal dans cette histoire, et à en juger par l'expression assassine de la jeune femme, il comprit qu'il allait bientôt savoir quoi...

— Où diable étiez-vous passé? rugit-elle.

La violence de son ton le laissa un instant sans voix. Dans quel guêpier s'était-il fourré?

— Eh bien... Je devais être quelque part?

— Oui! Vous auriez dû être ici il y a deux heures, pour remettre ce sale cabot dans sa cage!

— Pourquoi? Il en était sorti? Et comment donc?

— J'ai vidé les poubelles en fin de journée, et Rambo en a profité pour s'enfuir. Je l'ai poursuivi à travers la moitié de la ville avant de le rattraper. Et quand je suis rentrée au refuge, il n'y avait plus personne! Et vous n'étiez pas chez vous non plus!

— Vous avez attendu tout ce temps?

— Non. Malheureusement, je l'ai ramené chez moi.

Matt jeta un regard à la bête imposante qui gigotait sans discontinuer au bout de sa laisse improvisée.

— J'espère que vous avez une grande cour...

— Je n'ai pas de cour ! J'habite dans un appartement, un bel appartement des années 30 avec des moulures Art déco, des portes sculptées et des vitraux. Et à cause de ce monstre, j'en ai été chassée ! Ma propriétaire m'a donné mon congé !

Kay serrait les poings, et il crut un instant qu'elle allait s'en servir ! Aussitôt il eut à l'esprit l'image de Rambo bondissant au milieu d'un tas de décombres. Les décombres de l'appartement de Kay...

— Chassée ? Qu'est-il arrivé ?

— Il a cassé un vase !

— Juste un vase ? demanda Matt, presque déçu.

— Oh, pas n'importe quel vase ! Un vase en porcelaine de Wedgwood qui appartenait à ma propriétaire. Il était posé sur un guéridon en acajou dans l'entrée. La grand-tante de Mme Dalton l'a envoyé aux Etats-Unis durant la dernière guerre pour qu'il ne soit pas cassé pendant l'attaque sur Londres. Vous avez entendu ? Pour qu'il ne soit pas cassé !

— Certes, mais s'il ne s'agit que d'un vase...

— Un vase qui valait huit cents dollars ! l'interrompit-elle, furieuse.

— Bon sang...

— J'en connais la valeur parce que Mme Dalton n'a cessé de le répéter. Avec des larmes aux yeux. A l'entendre, on aurait pu croire qu'il contenait les cendres de son mari ! J'étais déjà en retard pour mon loyer, mais avec ces huit cents dollars en plus... Mme Dalton m'a donc suggéré de déménager.

Kay parlait d'une voix étranglée, et Matt eut peur qu'elle ne se mette à pleurer. Une généreuse donation de cent dollars, et maintenant ça... Vraiment, la soirée était réussie !

— Et je n'avais pas la moindre idée de l'heure à laquelle vous rentreriez, ni où vous étiez, reprit-elle. Vous auriez même pu avoir un rendez-vous galant et ne pas rentrer du tout !

— Un rendez-vous galant ? répéta Matt en souriant. Vous

56

avez raison : j'ai passé la soirée entouré de jolies femmes. Je suis un homme très demandé, vous savez...

Par des dames d'âge respectable, en effet, songea-t-il en soupirant... Si seulement sa vie amoureuse avait été aussi remplie qu'elle semblait le croire !

La jeune femme resta un instant à le contempler sans rien dire, comme si elle doutait de ce qu'il venait de déclarer, puis elle balaya cette idée d'un geste de la main.

— Je m'en moque, après tout ! Votre vie privée ne m'intéresse pas le moins du monde. Tout ce que je voulais, c'était regarder...

Elle s'interrompit brusquement et sa colère parut s'évanouir. Puis elle détourna les yeux.

— Regarder quoi ?

— Quelque chose à la télévision, rétorqua-t-elle sur la défensive.

— A la télévision ? Vous voulez dire que vous avez ramené cet énorme chien incapable de rester en place dans votre appartement juste pour regarder la télévision ?

— C'était une série ! protesta-t-elle. J'avais déjà vu les trois épisodes précédents et je ne voulais pas rater le dernier juste à cause de ce sale cabot !

— Vous avez donc préféré mettre votre appartement à sac...

Kay serra les lèvres, examina Rambo, puis Matt. Une expression de profond dégoût passa alors sur son visage.

— Oh, d'accord ! J'ai agi bêtement. Mais cela ne minimise pas votre responsabilité dans l'affaire.

— Pardon ? Ma responsabilité ? rétorqua Matt, surpris.

— Oui. C'est votre chien !

— Ce n'est pas mon chien ! C'est...

Il s'arrêta, comprenant soudain que la jeune femme avait raison. Rambo vivait au refuge, et se trouvait donc entièrement sous sa responsabilité.

— Entendu, c'est mon chien, admit-il à contrecœur. Mais il n'est pas allé tout seul dans votre appartement, n'est-ce pas ?

— Ecoutez, reprit Kay, furieuse, je n'ai pas l'intention de

payer pour ce que votre chien a fait. Ma sœur est avocate, et une bonne avocate. Si je dois...

— Oh, arrêtez! C'est donc le seul moyen que vous connaissez pour régler vos problèmes? Traîner les gens devant les tribunaux?

— Vous ne comprenez donc pas? Je n'ai pas huit cents dollars. Je ne possède même pas le centième de cette somme! Quand je déménagerai, Mme Dalton gardera ma caution pour se rembourser les loyers dus et le vase. Ce qui veut dire que je n'aurai pas un sou pour payer la caution d'un nouveau logement! Lorsque tout cela sera terminé, je dormirai à l'Armée du Salut!

Même si Kay avait la délicatesse d'un char d'assaut, Matt commençait à éprouver de la pitié à son égard. Après tout, elle avait pris la responsabilité de garder Rambo au lieu de le laisser courir, ce qui était un sacré progrès pour une femme qui aimait autant les chiens que M. Tout-le-monde les serpents à sonnette.

Mais comment régler le problème des huit cents dollars? Il faillit éclater de rire en pensant au chèque de cent dollars qu'il avait en poche.

— Kay, j'aimerais vraiment pouvoir vous donner cet argent.

— Bien! Alors nous allons nous entendre, finalement.

— Mais je n'ai pas huit cents dollars, termina-t-il. Savez-vous où j'étais ce soir? ajouta-t-il en s'asseyant sur la dernière marche.

— Je vous l'ai déjà dit: votre vie amoureuse ne m'intéresse pas.

— Allez-vous arrêter avec ça? Je n'avais pas de rendez-vous amoureux.

— Mais vous avez dit que vous étiez avec des femmes...?

— Oui, avec les membres du McKiney Metropolitan Ladie's Club. Pas une d'entre elles n'a moins de soixante ans. Elles m'ont invité à leur parler du refuge, et m'ont généreusement donné un chèque de donation. Cent dollars.

— C'est très gentil. Mais il manque sept cents dollars!

— Exactement. Hélas, c'est tout ce dont je dispose en ce moment.

— Oh, je vous en prie, Matt! Je suis sûre que...

— Je ne plaisante pas, Kay. Ce que mon ex-femme me laisse est englouti par le refuge.

Cette remarque rappela soudain à Kay la conversation d'Ashley et de Mandy. Sa colère disparut, remplacée par la curiosité.

— Vous avez été marié longtemps?

— Huit ans, répondit-il amèrement.

— Et que s'est-il passé? lui demanda-t-elle en s'asseyant à côté de lui. Je veux dire, pourquoi avez-vous...?

— Divorcé? Parce que mon épouse voulait une adresse chic et son nom dans le Bottin mondain, et qu'elle a finalement compris que cela n'arriverait jamais tant que je serais son mari.

Matt posa les coudes sur ses genoux et regarda tomber la pluie d'un air las. Kay l'imita, pendant que les gouttes résonnaient sur le toit du porche. Elle était venue pour livrer une bataille et se retrouvait finalement prise de compassion pour son ennemi...

— Et il y a le refuge, poursuivit ce dernier. J'ai acheté cette maison pour y recueillir les animaux errants. C'est quelque chose que je voulais faire depuis mon enfance. Nous n'étions pas riches dans ma famille, aussi je n'ai jamais eu d'animal de compagnie. Je m'étais promis que quand je serais grand... Et maintenant je n'ai plus un sou et une trentaine d'animaux à nourrir, ajouta-t-il gravement.

Kay se rappela combien il avait peiné pour réparer la climatisation et comprit qu'il voulait éviter de faire appel à un spécialiste. Pour économiser un peu d'argent...

— Je suis désolé, reprit-il. Je ne sais pas pourquoi je vous raconte tout cela. Vous avez assez d'ennuis de votre côté sans avoir besoin de penser aux miens. Je suppose que j'essayais juste de vous expliquer que je ne suis pas un pingre.

C'était l'insulte que Kay lui avait jetée à la figure. A la lumière de ce qu'il venait de lui dire, cette remarque paraissait bien mesquine désormais! Il avait l'air si triste, assis dans cet escalier à la peinture écaillée, avec son costume froissé et ce chèque ridicule entre les mains, qu'elle regretta soudain chacun des mots désagréables qui avaient pu lui échapper depuis qu'ils se connaissaient.

— Vous n'avez pas d'amis qui pourraient vous héberger pendant un moment? lui demanda-t-il.

Il y avait Sheila, bien sûr, mais Kay ne voulait pas s'imposer dans son ménage. Son amie avait épousé Jim seulement quelques mois plus tôt, et de toute façon, elle ne pouvait pas revenir dans l'immeuble dont on venait de l'expulser. Malheureusement, elle n'avait aucun ami assez proche chez qui elle se voyait vivre plus longtemps qu'un jour ou deux...

— Non, personne, répondit-elle.

— De la famille?

— J'ai une sœur, mais je préfère dormir à la gare routière.

— Ne pouvez-vous pas lui emprunter de l'argent?

— Pas question. Elle me prend déjà pour une incapable... Je trouverai autre chose.

Il y eut un long silence, puis Matt se releva.

— Bon, je crois que je ferais mieux de ramener Rambo au refuge, annonça-t-il.

Il descendit les marches du porche en tenant le chien par le cou, avant de faire demi-tour et d'examiner le premier étage de sa maison d'un air pensif.

— La maison est grande... J'ai une chambre d'amis. C'est un vrai bazar pour l'instant, mais je pourrais la débarrasser.

— Comment?

— Vous pourriez mettre vos affaires dans un garde-meubles et apporter le strict nécessaire ici. Après quelques mois, vous auriez assez d'argent pour louer un autre appartement.

— Vous voudriez que je vienne habiter chez vous?

— Pourquoi pas?

Kay le contempla un instant avec des yeux ronds comme des soucoupes.

60

— Eh bien... Parce que... Je ne peux pas accepter comme ça ! Après tout, je vous connais à peine.

— Quand devez-vous quitter votre appartement ?

— Samedi si possible. Mais...

— Entendu, la chambre sera prête samedi.

— Attendez un instant ! s'exclama la jeune femme. Je n'ai pas dit oui !

— C'est vrai, vous avez tant d'autres opportunités qu'il vous faut réfléchir longuement avant de prendre votre décision, rétorqua-t-il, sarcastique.

Certes, Kay n'avait pas la moindre alternative. Mais de là à emménager chez Matt...

Elle comprit soudain combien cette solution était dangereuse. Il semblait certes lui offrir l'hospitalité sans la moindre arrière-pensée, mais en le voyant ainsi, sous le clair de lune, la jeune femme en oublia qu'il était vétérinaire et ne le vit plus que comme un homme. Un homme très séduisant qui dormirait sous le même toit si elle acceptait son invitation ! Kay trouvait qu'il occupait déjà beaucoup trop ses pensées ; qu'en serait-il s'ils vivaient ensemble ? Pourtant, il ne faisait aucun doute que Matt Forrester n'était pas un homme pour elle. Un vétérinaire, et sans le sou de surcroît ! Quelle tête ferait sa famille ?

D'un autre côté, il lui faudrait économiser longtemps pour réunir l'argent nécessaire à une location d'appartement. Ce qui voulait dire que, si elle emménageait chez Matt, cela ne serait pas pour une courte période...

La solution qu'il lui offrait présentait des avantages et des inconvénients, et la jeune femme hésita une seconde avant de prendre sa décision. Son corps avait beau crier oui ! il était temps que son cerveau dise non !

— Vous ne me connaissez pas, Matt, reprit-elle en essayant une approche différente. Je ne suis pas facile à vivre. Je me couche tard, j'aime dîner devant la télévision et je ne fais le ménage que lorsque j'en ai envie. Je laisse mes vêtements tremper dans le lavabo et je chante sous la douche. Des génériques d'émissions de télévison. Et je suis tellement désagréable au réveil que je fais tourner le lait en ouvrant le réfrigérateur.

— Moi aussi, rétorqua Matt avec un grand sourire. A samedi !

Il tourna les talons et partit sous la pluie en tirant Rambo derrière lui, la laissant médusée sous le porche.

Les dés étaient jetés. Elle emménagerait avec Matt...

« Bon Dieu, Forrester, mais où avais-tu la tête ? »

Matt essuya rapidement le pelage de Rambo et le fit entrer dans sa cage sans cesser de se reprocher l'incroyable stupidité dont il venait de faire preuve. Il imaginait déjà avec une clarté désagréable la réaction qu'aurait Robert Hollinger s'il découvrait que Kay Ramsey habitait chez lui ! L'avocat croirait certainement qu'ils avaient une liaison, ce qui ne faisait sûrement pas partie de son projet de vengeance... Peu importait que Matt et Kay soient amants : si Hollinger le pensait, autant dire adieu à la bourse Dorland !

« Si seulement tu avais eu assez de bon sens pour te taire et la laisser se débrouiller, tu ne serais pas dans cette panade à présent ! » lui reprocha sa conscience. Mais Kay avait l'air si désarmée devant sa porte, en lui racontant qu'elle n'avait pas un sou vaillant et nulle part où aller, qu'il l'avait invitée avant d'avoir eu le temps de réfléchir. C'était la seule femme au monde qu'il devait éviter à tout prix, et il lui avait proposé de venir s'installer chez lui ! On pouvait difficilement se montrer plus imprudent.

Maintenant, il n'avait plus qu'à prendre ses précautions pour que Hollinger n'apprenne rien...

L'avocat n'était pas son seul souci. Il y avait aussi la chambre qu'il avait promise à sa future pensionnaire, et dont un rangement sérieux s'imposait !

Une fois de retour chez lui, Matt grimpa l'escalier et ouvrit la porte de la chambre d'amis en croisant les doigts pour que la réalité soit moins catastrophique que dans son souvenir.

Hélas, c'était pire.

D'après la description que Kay avait faite de son appartement, il avait compris qu'elle avait l'habitude d'habiter un endroit bien plus élégant que la pièce décrépite qu'il avait sous les yeux. Les carreaux des fenêtres étaient cassés, la peinture des murs s'écaillait, le plancher disparaissait sous la poussière... Sans parler de l'incroyable bric-à-brac qui encombrait l'espace disponible, des vieux meubles, des cartons et des piles de magazines laissés par l'ancien propriétaire.

Il examina attentivement ce bazar pour trouver quelque chose qui puisse lui rendre un peu d'espoir. Peut-être que le vieux lit en cuivre était récupérable ? Et la commode aussi, s'il trouvait le tiroir manquant ? Un profond soupir lui échappa. Se raconter des histoires ne servait à rien : il ne pourrait jamais rendre cette pièce habitable d'ici à samedi !

Kay fit appel à quelques amis pour l'aider à déménager, et la majorité de ses affaires se retrouva dans un garde-meubles à trente-deux dollars par mois. Elle remplit deux valises de ses vêtements et de ses affaires de toilette, cala sa télévision portable dans son coffre, et ferma sa porte à tout jamais. Quitter son bel appartement lui fendit le cœur, et les larmes lui picotaient les yeux quand elle rendit ses clés à Mme Dalton.

Mais à quoi bon pleurer ? Elle s'assit derrière son volant et prit la direction du refuge. Il était midi quand elle arriva devant la maison de Matt.

La jeune femme avait espéré sans trop y croire que la maison serait plus élégante que le refuge. Cette illusion s'évapora à peine la porte franchie.

Il y avait les mêmes chaises de plastique orange dans l'entrée qui servait de salle d'attente. Un tableau de liège accroché dans un coin disparaissait sous les petites annonces, les publicités, les photographies et les dessins d'animaux, visiblement apportés par les clients de Matt. Les murs étaient peints en gris clair et le sol était carrelé de blanc.

La voix de Matt résonna soudain et il entra dans la pièce accompagné d'une dame âgée qui tenait un caniche dans ses bras.

63

— Mais il a vomi deux fois ! déclarait celle-ci d'une voix tremblante d'émotion. Deux fois en une heure !

— Il va bien, madame Feinstein, répondit Matt. C'est juste une indigestion.

Il aperçut alors Kay et lui indiqua l'escalier.

— La dernière porte à gauche, lui dit-il. Je monte vous voir dès que je peux...

Il désigna subrepticement Mme Feinstein du menton et haussa les épaules dans un geste d'impuissance, comme pour dire que son entretien pouvait tout aussi bien durer deux heures.

Pendant qu'il reprochait gentiment à la dame de donner des barres chocolatées à son chien, Kay grimpa l'escalier qui craquait sous ses pas. En arrivant au premier, elle comprit que même les appartements privés de Matt laissaient eux aussi à désirer...

La première pièce qui donnait sur le palier avait été autrefois une grande chambre dotée d'une cheminée. Quelques chaises, une table basse et un canapé râpé lui donnaient vaguement l'aspect d'un salon. La peinture beige des huisseries s'écaillait en révélant une ancienne couche vert mousse, et le papier peint fané semblait dater de la construction de la maison. Kay adorait les vieilles maisons, mais celle-ci avait vraiment besoin d'une sérieuse rénovation !

La jeune femme avança dans le couloir vers la porte que Matt lui avait indiquée, s'attendant à y trouver le même genre de décor qu'au salon. Mais quand elle ouvrit la porte, le spectacle qui l'attendait la surprit tant qu'elle resta clouée sur place.

Au centre de la chambre, entre les deux fenêtres, se trouvait un grand lit de cuivre, visiblement un peu branlant, mais rutilant et recouvert d'une vieille couverture en patchwork, un peu usée mais aux tons délicieusement passés. Une lampe de style Tiffany était posée sur la table de nuit, son abat-jour intact à l'exception d'un minuscule morceau de verre manquant. Il y avait à droite une commode ancienne en chêne à laquelle il manquait un tiroir. Un jeté de table en coton brodé recouvrait le marbre. Sur les murs étaient accrochés des photos anciennes dans leurs cadres d'origine et de vieilles gravures, et des rideaux de dentelle pendaient devant les fenêtres. En approchant, Kay remarqua qu'ils étaient troués çà et là mais qu'ils fleuraient bon l'adoucissant.

Ce qui l'étonna le plus, ce fut que les murs eux-mêmes avaient été repeints en blanc cassé. L'odeur de solvant qui flottait encore dans l'air attestait que les travaux avaient été effectués très récemment.

La seule ombre au tableau était l'énorme chat blanc qui dormait sur le lit. Kay était cependant trop agréablement surprise pour y prêter attention. La maison avait beau avoir l'air vieille et décrépite, cette chambre était absolument ravissante !

— On dirait mon appartement, murmura-t-elle. C'est comme un vrai foyer, une vraie maison !

« Et Matt l'a arrangée spécialement pour moi ! » ajouta-t-elle mentalement.

Matt raccompagna Mme Feinstein jusqu'à la porte en lui répétant d'accorder un répit au système digestif de son chien. Puis, ayant fermé la porte à clé derrière sa dernière cliente, il se tourna vers l'escalier en se demandant s'il devait vraiment monter.

Il avait craint que Kay ne redescende tambour battant cinq minutes après son arrivée, le visage encore révulsé après avoir découvert sa chambre. Mais il n'avait entendu aucun bruit au premier étage. Peut-être attendait-elle qu'il la rejoigne pour lui dire combien sa pièce était affreuse ?

Un peu anxieux, il gravit donc les marches et se dirigea vers sa chambre d'amis. La porte était ouverte, et en jetant un œil à l'intérieur, il découvrit Kay assise sur le lit, lui tournant le dos et caressant d'un air absent la couverture en patchwork. Elle sursauta quand il frappa.

— Je vois que vous avez fait connaissance avec Marilyn, lui dit-il.

— Marilyn ?

Matt désigna le chat qui dormait sur le lit.

— Oh, oui, répondit-elle. Le chat...

— Je suppose que j'aurais dû laisser la porte fermée.

Kay se contenta de hausser les épaules.

— Euh... Est-ce que tout va à peu près? insista-t-il.

— A peu près?

La jeune femme fit le tour de la pièce des yeux en répétant ses paroles, et Matt sentit son cœur s'alourdir dans sa poitrine.

— Oui, déclara-t-il, je sais que vous êtes habituée à davantage de confort... Ce bric-à-brac est tout ce que j'avais. En fait, toute la maison a besoin d'une sérieuse rénovation, et un de ces jours...

— Non! s'écria Kay en se levant d'un bond. C'est parfait! Absolument parfait!

Matt la contempla avec stupeur. Parfait, ce bazar hétéroclite?

— J'étais très contrariée de quitter mon appartement, reprit Kay, mais quand j'ai vu cette pièce... tout ce que vous avez fait... Vous avez même repeint les murs! Merci, ajouta-t-elle en s'approchant de lui. Merci de vous être donné tout ce mal pour moi.

Et, posant les mains sur ses épaules, elle l'embrassa sur la joue! Matt sentit un délicieux frisson courir dans tout son corps. Rien n'aurait pu l'étonner davantage que cette réaction! Il commençait à connaître le caractère belliqueux de Kay, mais cette vulnérabilité, cette fragilité qu'il venait de découvrir le laissait perplexe. Sans même réfléchir, il posa la main sur les reins de la jeune femme qui se figea brusquement.

— Je suis content que cela vous plaise, murmura-t-il.

Il regretta aussitôt que sa voix ait pris ce ton grave et suggestif. Kay ne bougeait toujours pas, la main encore sur son épaule, et il comprit qu'il venait d'entrouvrir une porte qu'il aurait mieux fait de laisser fermée. Pourtant, il ne fit pas marche arrière.

Et Kay ne bougea pas.

Soudain, la présence physique de la jeune femme le subjugua. Enivré par son eau de toilette, ébloui par la fraîcheur de sa peau et l'éclat de ses yeux, il se figea. L'air se chargea alors d'une tension sensuelle, quasi électrique et le silence de la maison devint presque palpable. Le temps parut s'étirer indéfiniment, jusqu'à l'instant où la main de Kay se posa sur son épaule.

Elle se lova doucement contre lui pendant qu'il s'efforçait de rester debout sur ses jambes tremblantes, et déposa doucement un baiser sur ses lèvres.

Matt ne pouvait plus bouger. Il ne pouvait plus parler. Il pouvait à peine respirer. Mais Dieu, que c'était bon ! Il ferma les paupières alors qu'elle l'embrassait de nouveau, cette fois avec plus d'ardeur. « Je dois l'arrêter ! se dit-il. Cela fait trop longtemps que je n'ai pas tenu ainsi une femme entre mes bras, je ne pourrai plus m'arrêter si je ne la repousse pas sans délai ! »

Mais il était déjà trop tard...

7.

Alors que Kay l'embrassait de plus en plus voluptueusement, le peu de bon sens que Matt possédait encore disparut. Avec une volupté qui le laissa médusé, elle se serra contre lui jusqu'à ce que leurs deux corps se fondent presque, pendant qu'elle l'enlaçait langoureusement, lui donnant envie de la caresser, de la...

Non !

Quelque chose se réveilla dans l'esprit de Matt et il recouvra immédiatement sa raison. Reculant d'un pas, il la prit par les épaules et la garda à bonne distance de lui.

— Non, Kay, nous ne pouvons pas faire cela ! s'exclamat-il d'une voix éraillée. Pas pendant que vous... C'est impossible, voilà tout !

La jeune femme battit des paupières comme s'il venait de l'arracher à un rêve, et une expression blessée se dessina sur son beau visage. Elle posa la main sur sa bouche et baissa la tête d'un air confus.

— Mon Dieu ! Je me suis ridiculisée, n'est-ce pas ?

Matt aurait voulu l'embrasser de nouveau pour lui prouver le contraire. Il détestait lui voir cette mine embarrassée, et dans d'autres circonstances, il aurait été ravi de la tournure que prenaient les événements. Mais comment le lui expliquer ?

— Kay, je vous promets que cela n'a rien à voir avec vous. C'est juste que... j'ai d'autres problèmes en tête en ce moment. Je pense que nous sommes tous les deux fatigués et que nous avons agi trop impulsivement.

— Moi oui, pas vous, répondit-elle en rougissant. Excusez-moi, je vous promets que cela n'arrivera plus.

— Kay, n'en faites pas toute une histoire, il n'y a pas de quoi dramatiser.

Ce qu'elle faisait, à en juger par sa tête. Matt se maudit pour ne pas avoir trouvé la force de l'arrêter pendant qu'il en était encore temps. Il s'efforça de prendre une mine enjouée sans trop savoir s'il se montrait convaincant.

— Voyons, pourquoi ne vous donnerais-je pas un coup de main pour monter vos affaires? reprit-il.

— Vous n'avez peut-être plus envie que j'emménage chez vous... Il vaudrait peut-être mieux que je trouve un autre endroit pour vivre.

— C'est hors de question! Je ne veux pas que vous partiez, s'écria-t-il.

Elle avait l'air si triste qu'il faillit lui avouer toute la vérité. Heureusement, il eut la sagesse de se taire, et Kay finit par acquiescer. Ils transportèrent donc ses affaires de sa voiture à la chambre, et quand tout fut installé, elle le remercia pour son aide et disparut dans sa chambre.

Matt s'installa dans le salon, perdu dans ses pensées. Il avait suivi son instinct en proposant à Kay de l'héberger, sans la moindre arrière-pensée. Il la voyait encore comme une simple colocataire quand elle l'avait embrassé, et là...

Là, il avait encore suivi son instinct en répondant à son baiser, au risque de mettre en péril ce qui comptait le plus dans sa vie : son refuge! Ses devoirs à l'égard des animaux lui ordonnaient de rejeter toute relation intime avec Kay, aussi grisant que soient son parfum, ses cheveux, ses lèvres sensuelles et...

« Arrête immédiatement! » lui commanda sa conscience.

Accablé, il se laissa tomber dans le canapé. Depuis quand laissait-il son corps gouverner son esprit? Même s'il n'y avait pas eu Hollinger, Kay ne lui convenait pas. Une femme qui n'aimait pas les animaux ne pourrait jamais comprendre sa vocation, son attachement au refuge et sa détermination à le maintenir en vie. Tôt ou tard, comme son ex-femme, elle finirait par se demander pourquoi il dépensait davantage d'argent qu'il n'en possédait pour protéger quelques chiens errants. Et elle partirait...

A 10 h 30 ce soir-là, allongée dans le lit de sa chambre, dans laquelle flottait encore une bonne odeur de peinture fraîche, Kay se demandait encore quelle mouche avait pu la piquer pour qu'elle saute à la tête de Matt Forrester. Si seulement elle ne l'avait pas embrassé ! Si seulement elle avait reculé avant de perdre complètement la tête ! Elle ne se serait pas retrouvée comme une idiote, les yeux grands ouverts dans l'obscurité, et affreusement embarrassée !

Mais toutes ses attentions l'avaient bouleversée, ravivant ses fantasmes secrets, et quand il avait été là, sous ses yeux, si proche, si beau, si attirant... elle n'avait pas su contenir le mouvement qui la poussait vers lui et s'était couverte de ridicule !

« Claire a raison. Je ne réfléchis jamais avant d'agir, songea-t-elle. Je me suis fiancée à Robert sans l'aimer, j'ai fait tondre ses chiens en sachant parfaitement que cela le rendrait fou de rage, j'ai ramené Rambo chez moi en me doutant qu'il allait provoquer une catastrophe... et j'ai accepté d'emménager chez Matt alors qu'il est le dernier homme sur terre avec qui je devrais me lier ! Et pour couronner le tout, j'ai imaginé qu'il pouvait être aussi attiré par moi que moi par lui. Stupide. J'ai été véritablement stupide ! »

Elle tira les couvertures par-dessus sa tête en regrettant de ne pas pouvoir mourir et disparaître à tout jamais. Qu'est-ce qui avait bien pu lui faire croire que Matt la trouvait intéressante ? Depuis son arrivée au refuge, elle n'avait fait que se plaindre et lui dire des choses désagréables. Elle s'approchait le moins possible des animaux auxquels il se vouait corps et âme, et ne ratait pas une occasion de lui rappeler qu'elle était là contre son gré et qu'elle comptait les heures — les minutes, même ! — qui la séparaient encore du moment où elle pourrait dire adieu au refuge une bonne fois pour toutes !

Et en dépit de tout cela, il lui avait offert une chambre au

70

moment où elle en avait besoin, et avait pris la peine d'en faire une pièce confortable et ravissante. Elle ne méritait pas qu'on se donne tout ce mal pour elle.

Et ne méritait pas non plus un homme comme Matt !

Quand Kay arriva au refuge, le lundi suivant, elle entra rapidement, suivant son habitude, et heurta Matt qui sortait. Le choc fut si violent qu'elle aurait perdu l'équilibre s'il ne l'avait pas retenue par le bras.

— Oh, excusez-moi, balbutia-t-elle, je ne regardais pas où j'allais.

— Non, c'est ma faute.

— Non, c'est moi qui suis entrée en trombe...

— Kay, je vous ai presque assommée ! C'est ma faute.

Ces débordements de politesse lui donnaient mal au cœur. Il aurait été tellement plus simple de rire de l'incident, plutôt que de s'excuser interminablement ! Le pire, ce fut quand Matt se rendit compte qu'il la tenait toujours par le bras et la lâcha brusquement, comme s'il s'était brûlé. Exaspérée, Kay le dépassa et pénétra dans le refuge.

En traversant le hall, elle aperçut Becky qui faisait entrer un petit chien noir dans une cage du chenil. Un instant plus tard, la jeune femme la rejoignit dans la salle des chats.

— Un nouveau ? lui demanda Kay.

— Oui, répondit Becky. Il avait une infection virale et il est guéri, maintenant. Je suis sûre qu'il ne restera pas longtemps ici.

— Pourquoi ?

— Parce qu'il est petit, mignon et gentil. A mon avis, il sera adopté dans une semaine. Comment cela se passe-t-il pour Chester ? ajouta-t-elle en jetant un regard vers le chenil. Est-ce que les gens le remarquent ?

Kay sentit son estomac se nouer et décida d'enjoliver un peu la réalité.

— Quelques personnes, je crois...

— Kay, voudriez-vous m'accorder une faveur ? reprit Becky d'un air solennel.

— Laquelle?

— Pourriez-vous vous occuper davantage de Chester, si vous avez un moment de libre? J'ai peur qu'il ne reste longtemps ici.

En réalité, Kay s'occupait déjà davantage de Chester que des autres animaux. Elle était allée plusieurs fois dans le chenil juste pour lui parler et lui avait même apporté un biscuit, un matin. Elle décida de le faire tous les jours.

— Entendu, je m'en charge, déclara-t-elle.

— Merci! Je suis plus soulagée maintenant, répondit Becky. Le pauvre petit. Si seulement quelqu'un décidait de lui donner sa chance, il verrait que c'est un animal adorable.

Juste à ce moment-là, un gros chat sauta sur la table devant elles. Becky le caressa entre les oreilles.

— Salut, Harpo! Comment va-t-il? Est-ce qu'il a miaulé?

— Pas une seule fois, répondit Kay. Matt dit qu'il est peut-être affligé d'une anomalie congénitale qui le rend muet.

— En tout cas, s'il devait miauler, ce serait de plaisir. Ce refuge n'a jamais été plus propre. Vous avez fait un travail fantastique, ici.

Fantastique? Becky devait plaisanter! Elle ne faisait qu'accomplir sa tâche. Certes, il lui fallait admettre que c'était moins horrible qu'elle ne l'avait cru tout d'abord, mais s'occuper d'une bonne vingtaine de chats n'était quand même pas son occupation préférée!

Malgré tout, Kay trouvait ces derniers jours la présence des félins moins pénible que celle de Matt. Comment parviendrait-elle à travailler encore des mois si elle ne pouvait se retrouver dans la même pièce que lui sans éprouver ce que Chester devait ressentir : l'impression horrible d'être rejetée?

L'après-midi suivant, après avoir fermé son cabinet, Matt passa au refuge pour soigner un chien malade. Il entendit Kay dans la salle des chats, mais lui adresser la parole était devenu un tel supplice qu'il passa son chemin.

Depuis son arrivée chez lui, elle achetait son dîner chez un traiteur et montait directement dans sa chambre à son retour le soir. S'il ne l'avait pas entendue quelques fois dans la salle de bains, il aurait même pu douter qu'elle vivait vraiment chez lui !

C'était mieux ainsi. S'il voulait que les prochains mois se déroulent bien, il devait la tenir à distance. Assez loin en tout cas pour que son cerveau continue de fonctionner normalement et que ses hormones ne s'affolent pas ! Il devait s'imaginer qu'elle n'avait pas autant envie de lui que lui d'elle. Se faire croire qu'elle n'était ni blonde, ni belle, ni séduisante, et que sa chambre n'était pas à quelques mètres de la sienne !

Il allait quitter le refuge lorsqu'un homme entra dans la salle d'attente, un carnet à la main.

— Je cherche le Dr Forrester, déclara-t-il.

— C'est moi.

— O.K., Harry, cria l'homme en se retournant vers la porte restée ouverte. C'est bien ici.

Une minute plus tard, un second homme entrait dans le refuge et déposait deux grosses caisses par terre.

Intrigué, Matt s'approcha pour voir de quoi il retournait.

— Une seconde ! s'exclama-t-il. De quoi s'agit-il ?

— C'est la litière pour chats que vous avez commandée.

— La litière ?

Matt regarda par la porte et découvrit un camion duquel les deux hommes déchargeaient les caisses. Sur le flanc du véhicule on pouvait lire « Super-Propre, la litière des chats modernes. »

— Arrêtez ! s'écria-t-il. Je n'ai jamais rien commandé !

— Quelqu'un l'a fait pour vous, répondit l'homme en vérifiant son carnet. Une certaine Kay Ramsey.

Matt en resta bouche bée. Non, elle n'avait pas pu faire une chose pareille ! C'était impossible !

« N'oublie pas que cette femme s'est vengée de son fiancé en rasant ses chiens ! » lui rappela sa conscience.

— Kay ! hurla-t-il. Kay, venez ici tout de suite !

La jeune femme sortit de la salle des chats et resta immobile en découvrant sa mine furibonde.

— Qu'avez-vous encore fait ? s'écria-t-il.

Il lui indiqua les caisses du menton, et l'expression de Kay s'illumina brusquement.

— Dieu soit loué, c'est enfin arrivé !

Attrapant un stylo sur le comptoir, elle coupa la bande adhésive de la première caisse, en sortit un carton de Super-Propre et le souleva triomphalement.

— Kay ! Remettez cela dans la boîte !

Le livreur entra alors avec deux nouvelles caisses qu'il déposa sur les autres.

— Non ! cria Matt. Reprenez tout ça ! Elle n'avait pas le droit de commander ce matériel !

— Mais il est écrit ici que...

— Je me fiche de ce qui est écrit, rétorqua Matt. Je ne payerai pas un centime pour ça.

— Ne vous inquiétez pas, intervint Kay en s'adressant à l'homme, désorienté. Finissez de décharger le camion et donnez la facture à M. Forrester.

— Mais, madame, rétorqua le livreur, encore plus décontenancé. Il n'y a pas de facture. C'est une livraison gratuite.

Ce fut le tour de Matt de prendre une mine éberluée.

— Gratuite ?

— Oui, insista l'homme. C'est un don. Vous dirigez bien une association caritative d'assistance aux animaux perdus, ou un truc comme ça ?

— Un truc comme ça, oui...

— L'entreprise fait des dons de temps en temps à des types comme vous. Il paraît que c'est bon pour les relations publiques et la popularité de la marque.

Alors que Matt restait muet de stupéfaction, Kay se releva et retourna dans la salle des chats avec une rapidité dont elle n'était pas coutumière. Mais avant de disparaître, elle lui lança un sourire moqueur qui semblait lui conseiller de ne plus la sous-estimer à l'avenir.

Plus tard, ce soir-là, quand Kay entra par la porte de la cuisine, elle trouva Matt qui s'agitait devant la cuisinière. Une odeur délicieuse flottait dans l'air, bien plus appétissante que celle du double cheese-burger qu'elle rapportait pour son dîner solitaire dans sa chambre. Elle murmura un timide bonsoir et se dirigea vers l'escalier.

— Kay, attendez !

Surprise, elle se retourna pour lui faire face. Il posa sa cuillère de bois sur la paillasse et parut chercher ses mots.

— A propos de la litière... Je ne vous ai pas laissé le temps de vous expliquer. Je me suis mis à crier alors que j'aurais dû vous remercier. Pourtant, la moindre économie permet de garder le refuge ouvert plus longtemps... Comment diable avez-vous fait ?

Surprise par la soudaine considération dont il faisait preuve, la jeune femme sentit ses joues rougir de plaisir.

— Ce n'était pas grand-chose, répondit-elle. Il y a quelques années, j'ai travaillé pour une agence de relations publiques. J'ai découvert alors qu'on pouvait obtenir beaucoup rien qu'en demandant. On passait son temps à nous le répéter : ne payez jamais quelque chose si vous pouvez l'obtenir gratuitement.

— Eh bien, reprit Matt en souriant, puisque zéro dollar est à peu près tout ce que je peux dépenser en ce moment, j'ai de la chance de vous avoir rencontrée.

Ces compliments la laissèrent muette de bonheur. En concoctant son plan, Kay n'avait comme unique but que de ne plus devoir utiliser la vieille litière poussiéreuse et nauséabonde. Mais elle ne pensait plus à elle désormais : sa seule pensée était d'aider Matt. Et la jeune femme ne s'était pas sentie aussi bien depuis longtemps !

— Oh, une dernière chose..., ajouta-t-il.

Il avança rapidement d'un pas, lui arracha son sac de papier et le jeta dans la poubelle.

— Matt ! Que diable vais-je...

— Occupez-vous de faire cuire les spaghettis pendant que je termine la sauce. Ils sont dans le placard derrière vous. Je n'aime pas avoir une invitée que je ne vois jamais, ajouta-t-il alors qu'elle restait sans voix. J'ai envie de dîner avec vous. Une objection ?

Une objection ? A un dîner avec Matt ?

— Non. Non, pas d'objection, bafouilla-t-elle.

— Très bien. Alors dépêchez-vous, la sauce est presque prête.

Quinze minutes plus tard, ils s'asseyaient devant un énorme plat de spaghettis à la bolognaise, le meilleur repas que Kay ait fait depuis très longtemps.

— A partir de maintenant, nous devrions nous partager les courses et cuisiner chacun notre tour, suggéra Matt. Qu'en pensez-vous ?

— C'est très bien en théorie, rétorqua-t-elle avec une grimace. Mais je suis nulle derrière les fourneaux.

— Ne vous inquiétez pas pour cela. Je ne suis pas très brillant moi non plus, mais je ne suis pas difficile. Et si l'un d'entre nous prépare quelque chose de vraiment immangeable, il nous restera toujours la possibilité de commander une pizza.

Après le dîner, Matt lava la vaisselle pendant que Kay l'essuyait. Elle venait de ranger la dernière assiette quand quelque chose de blanc et floconneux bondit sur le plan de travail. Kay poussa instinctivement un cri d'effroi et recula d'un pas en posant la main sur son cœur. Marilyn s'assit nonchalamment près de l'évier et lui jeta un regard indifférent.

— Marilyn ! Descends d'ici immédiatement !

Matt attrapa l'animal et le posa par terre, puis se tourna vers la jeune femme.

— Kay ? Tout va bien ?

— Je... excusez-moi, Matt, répondit-elle en respirant profondément. Je ne l'avais pas vue arriver, et tout d'un coup elle était là... et...

— Marilyn est inoffensive, je vous le promets.

— Je le sais bien. Je suis sûre que c'est un animal adorable, j'ai juste été... surprise, voilà.

Elle s'efforçait de minimiser l'incident et se rendait bien compte que son trouble ne faisait qu'empirer. Le regard intrigué de Matt était suffisamment explicite !

— Bien, laissons le rangement pour l'instant, reprit-il. C'est l'heure de jouer.

— De jouer ?

— Venez avec moi, vous allez comprendre.

Il la conduisit vers la porte d'entrée et attrapa au passage un Frisbee jaune fluo dans son bureau. Ils sortirent de la maison, traversèrent la rue et entrèrent dans le parc, Buddy sur leurs talons. Le parc s'étendait sur la surface d'un pâté de maisons, îlot de verdure bienfaisant au milieu des maisons anciennes qui l'entouraient. Quand ils arrivèrent sur la pelouse centrale, Matt tendit le Frisbee à Kay.

— Lancez-le.

— Pardon ?

— J'ai dit lancez-le ! Par là, ajouta-t-il en désignant l'extrémité de la pelouse. Aussi fort que vous le pourrez.

— Excusez-moi, mais est-ce qu'il ne devrait pas y avoir quelqu'un de l'autre côté pour le rattraper ?

— Envoyez-le, c'est tout.

— C'est une blague ? Vous me demandez de faire quelque chose d'idiot pour pouvoir vous moquer de moi ensuite, c'est ça ? Si c'est le cas, je...

— Allez-vous lancer ce satané Frisbee, oui ou non ?

Après lui avoir jeté un regard lourd de soupçons, Kay prit son élan et jeta le disque de plastique de toutes ses forces.

Buddy, qui attendait à leurs pieds, partit alors comme une flèche à travers la pelouse, aussi rapide qu'un obus. Sous les yeux interloqués de la jeune femme, il rejoignit le Frisbee et fit un bond gigantesque par rapport à sa petite taille pour le rattraper dans les airs. Dès que ses mâchoires se furent refermées dessus, il fit demi-tour et revint à toute vitesse vers Kay, puis vint s'asseoir à ses pieds, les yeux pétillant d'excitation.

Totalement médusée, celle-ci contempla Matt, puis le chien, puis de nouveau Matt.

— Comment lui avez-vous appris ça ?

— Je crois que c'est inné, chez lui.

— Il peut le refaire, vous croyez ?

— Il préférerait mourir plutôt que d'arrêter !

Un peu méfiante, la jeune femme se baissa et retira le Frisbee de la gueule de Buddy. Après s'être essuyé les doigts sur son jean, elle le jeta une nouvelle fois. Et une nouvelle fois, le chien partit à toute vitesse à sa poursuite. Quand un coup de vent détourna le disque en plastique de sa trajectoire, Buddy effectua un dérapage contrôlé sur le gazon et l'attrapa juste au moment où il allait toucher terre. Il le rapporta sans s'arrêter à Kay, qui prit son élan pour le renvoyer.

— Oh oh ! fit Matt.

— Quoi donc ?

— Vous avez oublié de vous essuyer les doigts.

Kay fit une grimace de dégoût et fit mine de lui jeter le Frisbee à la figure, pour détourner le bras à la dernière seconde et l'envoyer à l'autre bout de la pelouse. Ensuite, la jeune femme oublia plus d'une fois de s'essuyer les mains, ce qui ne l'empêcha pas de s'amuser comme cela ne lui était pas arrivé depuis longtemps. Finalement, lorsque Buddy parut sur le point de succomber à une attaque cardiaque, ils s'installèrent sur un banc et le chien tomba épuisé aux pieds de son maître. Une brise tiède soufflait dans les branches des arbres, apportant une heureuse trêve à la canicule de la journée. Un inexplicable sentiment de bien-être envahit Kay.

Ses yeux se posèrent sur les mains de Matt, et pendant un instant, elle caressa l'idée de glisser ses doigts entre ceux du beau vétérinaire et d'appuyer sa tête contre son épaule. Il avait l'air si solide, si sûr... Son bon sens finit par lui faire détourner le regard.

— Vous pensez que vous pourriez le refaire ? lui demanda-t-il.

— Refaire quoi ?

— Obtenir de nouveaux dons ?

— Je n'y avais pas pensé, mais pourquoi pas ? Si une entreprise nous a aidés, pourquoi pas d'autres ?

Elle avait prononcé ces mots avec nonchalance, mais au fond, un petit frisson d'excitation la traversa à l'idée d'être encore utile à Matt. Elle baissa la tête pour observer Buddy. Il gisait sur le flanc, aussi immobile que si un rouleau compresseur lui était passé dessus. Finalement, il était plutôt gentil, pour un chien !

— Je crois que je l'ai tué ! dit-elle, amusée.

— Ne vous inquiétez pas, rétorqua Matt. Il renaîtra à la vie demain soir !

Demain soir... La perspective de passer toutes ses soirées avec Matt la remplissait d'aise ! Mais n'avait-il pas clairement établi les limites de leur relation ? Et l'éventualité de devenir son amie paraissait de plus en plus improbable...

Lorsqu'ils rentrèrent à la maison un peu plus tard, Matt nota que Buddy la suivait. Il avait sûrement remarqué que c'était Kay qui tenait le Frisbee! Ce petit chien aimait s'amuser, et d'après ce qu'il venait de voir, elle aussi!

Il se rappela alors sa réaction lorsque Marilyn avait sauté sur le bord de l'évier un peu plus tôt dans la cuisine. Kay aurait réagi de la même manière si une araignée monstrueuse lui avait escaladé la jambe, ou si un serpent avait glissé sur son pied. Il avait aussitôt compris que, si Kay agissait ainsi, ce n'était pas par haine des animaux, mais parce que ceux-ci l'effrayaient. Et que, pour une raison inconnue, elle voulait cacher cette phobie. Aussi, plutôt que de tenter de la raisonner, il avait décidé de lui montrer un aspect des relations entre un maître et son chien qu'elle ne connaissait sûrement pas. L'aspect ludique et agréable. Et à en juger par leur séance de jeu, il avait réussi!

Désormais, il rêvait de prendre Hollinger entre quat'z-yeux et de lui dire deux mots!

Ce sale type connaissait cette phobie, et pourtant il l'avait envoyée délibérément au refuge, qui devait être un véritable enfer pour Kay! Tout cela dans le seul but de se venger. Etait-il possible qu'un homme tombe aussi bas?

« Et toi, jusqu'où es-tu tombé en acceptant ce marché? » lui rappela sa conscience.

Il lui jeta un regard anxieux. Maintenant, il appréhendait qu'elle ne découvre la nature de son contrat secret avec Hollinger, et il désirait plus que tout au monde que cela n'arrive jamais!

Soudain, Buddy fit un bond et arracha le Frisbee des mains de Kay. Celle-ci se retourna vers lui, les mains sur les hanches.

— Dis donc, drôle de cabot, rends-moi ça tout de suite!

Elle fit un geste pour rattraper le Frisbee, mais Buddy recula d'un bond, la fixant de ses yeux brillant d'excitation.

Pensant qu'elle risquait de se fâcher, Matt s'apprêtait à intervenir lorsqu'il entendit le plus merveilleux des sons.

Le rire de Kay!

Il résonnait dans la nuit claire comme une mélodie cristalline et pure, chassant au loin l'image de la femme revêche qu'il avait découverte le premier jour au refuge. Et il sut que, désormais, chaque fois qu'il penserait à elle, ce rire enchanteur retentirait à ses oreilles.

— Vous avez obtenu une douzaine de quoi ?
— De Kitty-shirts.

Matt contempla Kay sans comprendre. Il avait entendu la fin d'une des innombrables conversations téléphoniques qu'elle avait depuis les dernières semaines, et il n'était pas sûr d'aimer ça !

— Pour l'amour du ciel, qu'est-ce que c'est que ce truc ? s'exclama-t-il.

— Enfin, Matt, vous ne vous tenez donc pas au courant des dernières tendances ? C'est ce que portent les chats chic cette saison ! Cela vient de Pet Palace. On les fait à manches courtes ou longues, en trois tailles différentes, et ils sont fabriqués dans un mélange coton-synthétique pour ne pas rétrécir au lavage. On va nous en envoyer trois vert pâle, trois bleu électrique...

— Attendez une minute ! Vous êtes en train de m'expliquer que vous comptez habiller les chats avec des T-shirts, c'est ça ?

— Ce sera mignon, non ? lui demanda Kay avec un sourire angélique.

Elle était devenue folle ! songea-t-il, effaré. Durant les trois dernières semaines, Kay s'était transformée en une sorte d'attachée de presse, prenant contact avec toutes les entreprises travaillant de près ou de loin pour les animaux domestiques ! Jusqu'à présent, il en avait été ravi, mais des chats vêtus de T-shirts, c'en était trop !

— Ecoutez, la litière Super-Propre est formidable, lui dit-il. Comme les boîtes Délichat. Et les brosses de toilettage et les croquettes Miam-Miam...

— Et les sacs à dos Portez-le ! Ne les oubliez pas !

— C'est vrai qu'ils ont beaucoup de succès auprès des propriétaires de petits animaux, je vous l'accorde volontiers,

80

admit-il. Je suis heureux que vous les ayez trouvés, sincèrement. Mais ce n'est pas parce que quelque chose est gratuit que nous devons nous jeter dessus ! Des chats en T-shirt, vraiment...

— Oh, allez-vous vous taire une minute ? Auriez-vous perdu votre sens de l'humour ? Réfléchissez donc : nous avons deux chats qui ont été rasés pour une opération. Personne ne les regarde, alors que leur pelage va repousser et qu'ils seront tout à fait normaux plus tard. Mais si nous leur passons un T-shirt, les visiteurs les caresseront et comprendront peut-être qu'ils sont de braves bêtes, malgré leur tonsure.

Matt en resta stupéfait. Devant ses yeux ébahis, Kay venait de franchir un immense pas. Jusque-là, il avait concentré ses efforts sur les besoins essentiels du refuge. Après y avoir passé quarante heures, commençait-elle à se soucier sincèrement du bien-être des animaux en quête d'un foyer ?

— C'est quand même le but du refuge, non ? poursuivit-elle. Nous débarrasser le plus vite possible de ces créatures pour en prendre d'autres à leur place ?

La joie de Matt fit place à la déception. Au fond, tout cela n'était qu'un jeu à ses yeux, un exercice amusant de négociation. Elle voulait savoir quel matériel on lui donnerait, et jusqu'où elle pourrait aller avec les fournisseurs.

Et pourtant, il aurait aimé croire qu'elle accomplissait tout ça en pensant aux animaux.

Et à lui...

8.

Le matin suivant, Kay traversa au pas de charge le hall du Cauthron Building, se faufila entre les portes de l'ascenseur qui se refermait, puis, le souffle court, jaillit sur le palier du quatorzieme étage, ouvrit à toute volée la porte vitrée du cabinet Breckenridge, Davis, Hill, Scott & Woodster, s'engouffra dans le couloir qui menait à son bureau et tomba sur sa chaise.

Luttant pour reprendre sa respiration, elle jeta un regard à sa montre et laissa échapper un soupir de soulagement. Il était 8 heures précises. Si M. Breckenridge insistait sur quelque chose, c'était bien la ponctualité !

C'est alors qu'elle vit la rose rouge...

Son cœur battit un peu plus vite alors qu'elle ouvrait la carte qui accompagnait la fleur. Il n'y avait que quelques mots inscrits dessus.

On dîne ensemble, ce soir ?

Rien au dos de la carte...

— J'ai réservé une table chez Rodolpho.

En entendant la voix masculine, la jeune femme leva les yeux et découvrit Jason Bradley, un des jeunes assistants ambitieux du cabinet, qui se tenait appuyé contre la porte. La déception l'envahit. Pendant un bref instant, elle avait cru que Matt avait trouvé son bureau, était venu jusqu'à sa table et...

— On y sert la meilleure cuisine italienne de la ville, ajouta Jason.

82

— Non, merci, répondit-elle en secouant la tête.

— Vous n'aimez pas la cuisine italienne ?

— J'adore ça.

— Je vous préviens trop tard, alors ? Peut-être que le week-end prochain...

— Non, Jason. Je suis désolée, mais je ne peux pas, en ce moment.

— Ah, je vois...

Les femmes se bousculent pour sortir avec moi. Qu'est-ce qui vous prend ? semblait dire son expression. Il s'approcha de sa table et la fixa droit dans les yeux.

— Savez-vous que je n'ai jamais perdu une affaire en pénal ? demanda-t-il.

— Oui. Et d'après ce que je sais, vous n'en avez plaidé que deux.

Sa réplique fit mouche, mais Jason se reprit admirablement vite.

— C'est exact, admit-il. Et chaque fois, j'ai obtenu ce que je voulais. Gardez cela à l'esprit.

Il lui adressa un sourire calculateur censé lui faire prendre conscience de son admirable maîtrise de soi, puis il sortit du bureau. La jeune femme leva les yeux au ciel en jetant la carte dans la poubelle. Jason n'était pas un mauvais bougre. Il avait la chance d'avoir été doté d'un physique avantageux, d'une famille riche et influente, et d'un goût pour les affaires juridiques. Mais son incapacité à comprendre le mot *non* le renvoyait à la fin de la liste des hommes avec qui elle aurait aimé sortir !

D'ailleurs, elle n'avait envie de sortir avec personne. Pour quoi faire, quand Matt occupait toutes ses pensées ?

Poussant un nouveau soupir, de regret cette fois, Kay alluma son ordinateur et essaya de se concentrer sur la seule chose qui comptait vraiment : son travail.

Elle avait tout d'abord craint que travailler six semaines dans ce cabinet serait une véritable torture, et cela avait été le cas au début. M. Breckenridge était un homme austère et exigeant, et même s'il ne le disait pas, Kay avait l'impression qu'il désapprouvait tout ce qu'elle faisait. Pourtant, depuis qu'elle avait appris à deviner son humeur, à lui donner ce qu'il voulait et non ce qu'il demandait, et à accepter l'idée que c'était à elle de lui préparer ses deux tasses de café colombien tous les matins, tout se passait plutôt bien.

A sa grande surprise, il lui avait proposé de rester deux semaines supplémentaires alors que son contrat arrivait à son terme. Kay avait immédiatement accepté. Le cabinet la payait bien et ses économies commençaient à grossir. En fait, elle allait vite pouvoir chercher un appartement.

Un appartement. Un logement où vivre... seule.

Kay s'accouda sur sa table et regarda dans le vide. Matt ne pouvait pas l'héberger indéfiniment. Et en quittant le refuge et sa maison, elle sortirait de sa vie à tout jamais. Cette simple idée la révulsait.

— Mademoiselle Ramsey ?

Kay sursauta et découvrit M. Breckenridge qui l'examinait par-dessus ses lunettes en demi-lune.

— J'ai entendu dire que vous travailliez dans un refuge pour animaux comme bénévole, reprit-il. Est-ce exact ?

— Oui, monsieur, c'est exact.

— Alors vous pourrez peut-être m'aider. J'envisage d'adopter un chien. Ce refuge est-il un endroit de qualité pour trouver un animal de compagnie ? reprit-il après une seconde de silence.

— Oh, tout à fait, monsieur. Nous avons au moins une douzaine de chiens en ce moment. Certains feraient d'excellents animaux de compagnie. Attendez une seconde...

Kay se mit à fouiller dans son sac à main et en tira la carte de visite du refuge.

— Tenez. Vous pouvez venir quand vous voulez. Je vous présenterai au Dr Forrester, le vétérinaire qui a fondé le refuge.

— Le refuge Westwood ? demanda-t-il en lisant la carte. Il est candidat pour la bourse de la fondation Dorland, non ?

La fondation Dorland ? Robert y occupait certaines fonctions, se rappela-t-elle. Quant à Matt, il ne lui avait jamais dit qu'il avait demandé cette bourse...

— Je ne suis pas au courant. C'est une donation importante, n'est-ce pas ?

— Vingt-cinq mille dollars.

Ciel ! Pourquoi Matt ne lui en avait-il pas parlé ?

— Le Dr Forrester travaille dur pour garder le refuge ouvert, déclara-t-elle. Il a besoin de toute l'aide qu'on peut lui apporter. Venez nous rendre visite : je suis sûre que nous vous trouverons le compagnon idéal.

— Je vais y réfléchir, dit-il en glissant la carte dans sa poche. Ah, au fait, mademoiselle Ramsey...

— Oui... ?

— Il y avait du marc au fond de la dernière tasse de café que vous m'avez préparée. Veillez à ce que cela ne se produise plus.

Alors qu'il sortait de son bureau, Kay choisit d'ignorer ses remarques désobligeantes sur son café pour ne retenir que son intérêt concernant le refuge. A la différence de Robert, M. Breckenridge ne désirait pas un chien pour symboliser son statut social, mais juste un animal familier, et il envisageait de le chercher au refuge Westwood.

Kay se mit à sourire. Même si sa vision des relations entre patron et secrétaire datait de l'ère glaciaire, ce n'était pas un méchant homme, dans le fond. Et elle commençait à bien l'aimer.

Assis à la table de la cuisine, Matt lisait un journal professionnel en espérant que l'arôme qui émanait du paquet acheté chez le traiteur parviendrait à masquer l'odeur des macaronis qu'il venait de laisser carboniser. Il avait prévenu Kay qu'il n'avait rien d'un cordon-bleu, et l'avait prouvé à plusieurs reprises depuis !

Quelques minutes plus tard, la jeune femme apparut à la porte de la cuisine en plissant le nez.

— C'était si dramatique, ce soir ? demanda-t-elle.

— Mon plat était légèrement trop cuit, répondit-il.

— Le détecteur de fumée s'est mis en marche ?

— Je crois qu'on a entendu l'alarme jusqu'à Mexico.

— Très bien. L'installation électrique est très complexe dans cette maison. Mais au moins, nous savons à présent que le jour où tout brûlera, nous serons prévenus! Qu'est-ce que c'est? ajouta-t-elle en se penchant sur le carton. Oh, du poulet grillé... Justement, je n'en avais pas mangé depuis avant-hier.

— Alors j'ai bien fait d'en commander, rétorqua-t-il, amusé.

— Vous ne m'aviez pas dit que vous étiez candidat pour la bourse Dorland? reprit-elle en se servant.

Matt faillit s'étrangler avec son pilon. Qui lui avait parlé de cette bourse?

— Euh... Oui, je m'y suis présenté il y a trois mois, répondit-il avec un sourire crispé. Cela vaut la peine: vingt-cinq mille dollars! Vous connaissez le refuge, et vous savez à quel point nous en avons besoin.

— M. Breckenridge, mon patron, m'en a parlé aujourd'hui. Je crois que le cabinet fait partie de la fondation Dorland, tout comme celui de Robert, d'ailleurs.

En entendant le nom de Robert, Matt sentit sa gorge se nouer.

— Nous ne sommes pas sûrs de l'obtenir, dit-il. Ne nourrissons pas de vains espoirs.

— J'aimerais user de mon influence sur Robert pour vous aider, mais comme je vous l'ai déjà dit, je n'en ai plus aucune.

Matt aurait pu lui répondre qu'il en avait assez pour deux! La jeune femme changea de sujet, et il respira un peu mieux alors que le repas avançait. Kay savait qu'il avait demandé cette bourse mais ignorait tout le reste. Quelle aurait été sa réaction si elle avait appris qu'il avait conclu un marché avec Robert dans son dos?

La réponse était assez prévisible.

Elle détestait Hollinger, et si elle apprenait qu'il était son complice, elle le détesterait lui aussi!

Au fur et à mesure que les jours s'écoulaient, les soirées que Kay passait avec Matt devenaient de plus en plus décontractées et chaleureuses. Elle découvrit vite que la vie sociale de Matt était tout aussi vide que la sienne. En tout cas, il paraissait ravi de passer du temps en sa compagnie, jouer avec Buddy dans le parc ou regarder la télévision...

Même si elle demandait à voir un vieux film qu'il avait déjà visionné une douzaine de fois, il ne rechignait pas à le regarder une treizième. Si elle cuisinait quelque chose de difficilement identifiable pour le dîner, il lui affirmait qu'il adorait découvrir de nouveaux goûts. Et si elle inondait la laverie du sous-sol après avoir mis trop de détergent dans le lave-linge, il l'aidait à tout éponger et affirmait que le carrelage avait besoin d'un bon nettoyage de toute façon...

— Ça y est! s'exclama-t-il un soir alors qu'ils regardaient *Psychose* pour la dixième reprise. Elle va aller prendre sa douche!

Kay serra un coussin contre sa poitrine et s'enfonça dans le dossier du canapé, à peu près aussi grand que le Titanic. Quand ils s'asseyaient chacun à un bout, on aurait pu croire qu'ils n'étaient pas dans la même pièce...

Matt fixait l'écran où Janet Leigh tournait les robinets de la douche.

— Elle a déjà fait ça des millions de fois. Ce soir, elle va le voir arriver!

La jeune femme sourit, et ferma machinalement les paupières. Non pas par peur de voir l'héroïne se faire poignarder, mais parce que la scène qui se déroulait dans son cerveau était bien plus intéressante! En effet, Matt l'enlaçait et la serrait contre lui en murmurant des mots tendres et enflammés. Puis il l'embrassait, d'abord tendrement, puis avec passion, et il lui disait qu'il avait été aveugle pour ne pas comprendre tout de suite qu'ils étaient faits l'un pour l'autre...

— Kay? Vous allez bien?

Elle ouvrit les yeux. Janet Leigh était morte et Matt la dévisageait comme si un second nez lui avait poussé au milieu de la figure.

— Oui, ça va. C'est juste que je n'ai jamais aimé la vue du sang.

— Mais on en voit à peine quelques gouttes...

— Je dois avoir trop d'imagination.

Et heureusement, ajouta-t-elle mentalement, car il n'y avait que dans son imagination que Matt et elle partageraient autre chose qu'un vieux film.

« Tu ferais mieux d'arrêter de penser à cela, songea-t-elle. Matt ne te verra jamais que comme une amie. Ou une colocataire. »

C'était peut-être à cause des animaux, se dit-elle brusquement. Il lui était difficile de cacher totalement la crainte qu'ils lui inspiraient, et cela devait le froisser. Pourtant, Kay avait remarqué que, depuis quelque temps, elle ne voyait plus les chats et les chiens du même œil. Mais de la à prétendre qu'elle les aimait, il y avait un fossé ! Un fossé qui les séparait inexorablement, et qu'elle ne franchirait pas.

Quelques jours plus tard, après avoir fermé la clinique à 17 h 30, Matt se rendit au refuge et examina d'un œil neuf la vaste cour qui s'étendait derrière la maison. Il se mit à échafauder mentalement des projets pour utiliser cet espace. On pouvait installer un enclos pour donner aux chiens la possibilité de courir. Ou bien agrandir la maison, ce qui permettrait d'accueillir beaucoup plus d'animaux. Même s'il pouvait accomplir une partie du travail tout seul et ainsi économiser de l'argent, il lui fallait une somme importante pour réaliser ces projets.

Et cela le ramenait une fois de plus à Robert Hollinger.

Découragé, Matt redescendit sur terre. A quoi bon dépenser de l'argent qu'on ne possédait pas ? Quand il entra dans le refuge, le premier bruit qu'il entendit fut celui de la climatisation. Cela chassa ses derniers rêves. Il n'avait même pas les moyens d'entretenir ce qu'il possédait déjà...

Il se dirigeait vers le comptoir et allait parler lorsque Hazel lui fit signe de se taire et tendit le doigt en direction de la salle des chats. Intrigué, il s'approcha de la porte sur la pointe des pieds et regarda à l'intérieur.

La cage de Clyde était ouverte, et Kay se tenait à genoux devant l'ouverture, une gamelle de croquettes Miam-Miam à la main. Clyde, recroquevillé au fond, l'examinait d'un œil intéressé.

— Regarde, mon vieux Clyde, lui murmurait-elle d'une voix chantante. C'est du bon Miam-Miam. Au foie et à l'œuf. Tu aimes ça, n'est-ce pas ? Du bon Miam-Miam...

Tout en fredonnant le refrain idiot de la publicité télévisée, la jeune femme déposa un morceau de nourriture près de la porte. Matt vit alors Clyde avancer lentement sans la quitter des yeux. Il attrapa la croquette et retourna au fond de la cage pour la mâcher tranquillement, ses prunelles vertes toujours fixées sur Kay.

— C'est bon, n'est-ce pas ? lui chuchota-t-elle. Tu en veux encore un peu ?

Elle déposa une autre boulette au même endroit. Ragaillardi, Clyde approcha de nouveau, et au moment où il l'attrapait entre ses dents, Kay lui caressa le crâne entre les oreilles. Surpris, le chat recula brusquement et leva une patte, prêt à griffer.

— Kay, attention !

La voix de Matt fit sursauter Clyde, qui rabattit aussitôt les oreilles en arrière et se mit à grogner. Matt entra dans la pièce et referma la porte de la cage d'un geste, pendant que le chat jetait un coup de patte agressif à travers les barreaux.

— Que faites-vous donc ? s'exclama Kay, furieuse.

— Vous avez vraiment envie de perdre un doigt ? rétorqua-t-il.

— Il ne m'aurait pas touchée.

— N'en soyez pas si sûre.

— Je me débrouillais très bien sans vous ! Je lui donne à manger ainsi tous les jours et il ne m'a jamais griffée ni mordue.

— Alors vous êtes encore plus folle que je ne le croyais. Il n'y a rien de plus méchant sur terre qu'un matou en colère.

— Il n'était pas en colère avant votre intervention, lui fit-elle remarquer.

— Pensez-vous que je ne sache pas reconnaître un chat

sur le point de lancer la patte ? Vous voyez ça ? ajouta-t-il en montrant une méchante griffure qu'il avait au poignet. Savez-vous qui m'a décoré ainsi ? Votre ami Clyde, ici présent !

— Il ne vous aime pas, et alors ? C'est un chat stupide, vous auriez dû vous méfier !

La jeune femme se tenait bien droite devant lui, les poings sur les hanches, et Matt se rendit compte brusquement qu'elle défendait Clyde contre lui ! Il jeta un regard à ce dernier qui l'observait à travers les barreaux de sa cage, puis il se tourna vers Kay dont l'expression rappelait singulièrement celle de l'animal.

— J'avais juste peur que vous ne soyez blessée, c'est tout, reprit-il.

— Eh bien vous vous trompiez. Je sais ce que je fais, répondit-elle, soudain calmée.

— Je vois ça.

— Il risque de rester ici un moment, expliqua-t-elle en se tournant vers la cage. C'est juste un gros chat idiot et effrayé, mais ce n'est pas une raison pour le laisser se morfondre tout seul. J'espère que vous n'allez pas m'interdire de lui donner encore du Miam-Miam ?

— Non, admit Matt.

— Parfait. Maintenant, pourquoi ne rentreriez-vous pas à la maison pour préparer le dîner ? Clyde et moi avons encore des choses à nous dire.

— Entendu, déclara Matt en rebroussant chemin vers la porte.

— Et si vous préparez encore vos saucisses en mousse rose, je mets le feu à la cuisine ! cria-t-elle alors qu'il sortait de la pièce.

Matt s'arrêta près du comptoir pendant que Kay reprenait sa conversation avec Clyde. Apprivoiser ce fauve ne devait être qu'un défi à ses yeux, songea-t-il, tout comme courir après les dons pour le refuge. Mais alors qu'il écoutait les petits mots gentils qu'elle murmurait au vieux matou hargneux, il se demanda si, finalement, la jeune femme ne commençait pas à aimer les animaux.

— J'ai une bonne nouvelle, lui annonça-t-il plus tard lorsqu'elle le rejoignit dans la cuisine. Pas de saucisses insipides pour le dîner : ce soir, nous faisons un véritable repas.

— Vraiment ?

— Becky vient juste d'appeler. Jerry, son mari, a installé un nouveau barbecue et nous sommes invités à dîner. Je lui ai dit que nous irions.

— Nous deux ? rétorqua Kay, étonnée. Je la connais à peine ; êtes-vous sûr que l'invitation me concernait aussi ?

— Tout à fait certain. Ils vont faire griller des steaks.

La perspective de manger de la bonne viande lui mit l'eau à la bouche.

— Des steaks ? répéta-t-elle. A quelle heure sommes-nous attendus ?

— A 20 heures.

— Parfait, j'ai juste le temps de prendre une douche.

— D'accord. J'en prendrai une aussi, alors ne videz pas le ballon une nouvelle fois !

Kay lui adressa un petit sourire et fila vers l'escalier. Puisqu'il tenait tant à économiser l'eau chaude, pourquoi ne prenait-il pas sa douche avec elle ? se demanda-t-elle, amusée.

9.

La maison de Becky ressemblait exactement à ce que Kay avait imaginé. La pelouse avait besoin d'être tondue, et il y traînait des jouets d'enfants. Et sur la porte, un petit panneau disait « Les amis sont toujours bienvenus ».

Becky ne fit pas mentir cette devise en les accueillant à bras ouverts. Matt lui donna la bouteille de vin qu'ils avaient achetée sur le trajet, puis, avisant un petit bout de chou qui se cachait derrière les jambes de leur hôtesse, il se pencha pour le prendre dans ses bras.

— Coucou, petit Bobby ! Comment vas-tu ?

Le bébé éclata de rire et lui attrapa l'oreille vigoureusement, la lui arrachant presque. Et lorsque Matt se mit à lui chatouiller le ventre, son rire joyeux redoubla d'intensité. Kay eut soudain la vision de Matt en père de famille. Il était de ces hommes qui jouent avec leurs enfants sans craindre de se mettre à quatre pattes, qui les portent sur leurs épaules et leur prodiguent amour et attention à profusion. Kay s'interrogeait souvent sur son instinct maternel et se demandait si elle serait une mère aussi froide et exigeante que la sienne. Mais avec un homme comme Matt, qui adorait visiblement les enfants, elle se voyait déjà...

« Dieu du ciel, tu es folle ! lui murmura son bon sens. Tu te vois déjà mariée avec lui et mère de famille ! Reprends-toi donc ! »

Ils suivirent Becky dans la cuisine. Celle-ci posa la bouteille sur la table et ouvrit la porte qui donnait sur le jardin.

92

Aussitôt, au grand désarroi de Kay, trois gros chiens au pedigree douteux entrèrent dans la pièce et vinrent leur faire la fête. La jeune femme s'arrangea pour les caresser avec un minimum d'enthousiasme.

— Bravo, lui murmura Matt. Je crois qu'ils vous aiment beaucoup.

Il lui passa le bras autour des épaules alors qu'elle levait les yeux au ciel et la serra contre lui dans un geste protecteur. Un frisson délicieux la secoua aussitôt, et malgré l'agitation canine inattendue, elle fut ravie d'être là.

— Salut, Jerry! s'exclama Matt alors qu'ils sortaient dans le jardin. Tu as un superbe barbecue.

— Merci, répondit Jerry. Becky trouvait que nous n'en avions pas besoin d'un nouveau, mais elle va changer d'avis en goûtant mes steaks! Tu fais les présentations? ajouta-t-il en regardant Kay.

— Kay, voici Jerry Green. Jerry, Kay Ramsey.

Jerry s'essuya la main sur son tablier et la tendit à la jeune femme.

— Je suis content de vous rencontrer, Kay. J'ai entendu dire que vous étiez une bénévole du refuge?

— En effet, c'est exact.

— C'est là que vous vous êtes connus?

— Euh... oui, c'est là...

Kay devina qu'il les prenait pour un couple, et ses soupçons furent confirmés par le clin d'œil qu'il adressa à Matt. Voilà pourquoi les Green l'avaient invitée, ce soir! La jeune femme eut soudain l'impression d'être une intruse, mais Matt, en revanche, parut ne rien remarquer du tout et continua de la tenir par l'épaule.

Lorsqu'ils passèrent à table, Jerry vit ses prédictions se confirmer. La viande était parfaite! Le vin que Matt avait choisi n'était pas mauvais non plus, et ils firent un repas délicieux. A la tombée de la nuit, lorsque les moustiques firent leur apparition, ils rentrèrent tous à l'intérieur. Becky les laissa alors pour aller coucher son bébé pendant que Jerry passait dans la cuisine pour préparer du café. Kay s'installa sur un petit canapé du salon, et Matt prit place à côté d'elle en posant le bras sur le dossier.

— C'était succulent, déclara-t-il. C'est agréable de faire un bon repas de temps en temps.

— Alors vous n'avez pas aimé mon gratin de pâtes au fromage hier soir? rétorqua Kay en riant. Je me sens insultée !

— Absurde ! répondit Matt. C'était délicieux. Mon médecin me dit souvent que mon alimentation est trop pauvre en graisses animales et en sucres lents.

— Ma cuisine n'est pas très diététique, admit Kay. J'aurais dû vous demander la recette de ce chef-d'œuvre de l'art culinaire que vous avez créé la semaine dernière avec du beurre de cacahuète.

— Non ! cria Matt avec une expression horrifiée. Continuez de préparer du gratin de pâtes au fromage, c'est merveilleux...

Leurs regards se croisèrent un peu trop longtemps et la jeune femme détourna enfin les yeux. Ce canapé était si petit que leurs jambes se touchaient. Elle déplaça maladroitement les siennes.

— Vous n'êtes pas confortablement installée? lui demanda Matt d'une voix suave.

— Non, j'avais peur de vous gêner.

— Détendez-vous...

Kay savait qu'il essayait simplement d'être gentil, comme toujours, mais son ton grave et feutré la mettait mal à l'aise.

Heureusement, Becky et Jerry les rejoignirent enfin et ils bavardèrent tous les quatre pendant encore une heure. Matt évoquait élogieusement les nombreux dons que Kay avait récupérés, ce qui la fit rougir d'aise, et Becky ajouta que jamais le refuge n'avait eu si fière allure.

Durant toute la conversation, les chiens vinrent quémander une caresse auprès de Kay. A peine l'un s'éloignait-il qu'un autre le remplaçait. *C'est elle !* semblaient-ils se dirent en silence. *Elle ne nous aime pas. Voyons ce que nous pouvons faire pour la faire changer d'avis !* Cela la rendit nerveuse au début, puis sa nervosité disparut peu à peu, et bientôt elle se mit à les caresser machinalement, sans même y penser. Tout cela parce que son attention se concentrait exclusivement sur Matt ! Le vin aidant, son esprit semblait capter ses moindres mouvements et les moindres nuances de sa voix. Au bout d'un moment, elle arrivait presque à croire qu'ils formaient le couple heureux que voyaient en eux Becky et son mari.

— Oh ! s'écria soudain cette dernière. J'allais oublier le dessert ! Kay, pouvez-vous me donner un coup de main ?

Non ! Je veux rester ici même jusqu'à mon dernier souffle !

— Bien sûr, répondit cette dernière en se levant.

Les deux femmes passèrent dans la cuisine, où Becky sortit une superbe tarte aux fraises et un pot de glace du réfrigérateur.

— Matt a l'air en pleine forme ce soir, dit-elle en coupant la première part. Je ne l'ai pas vu aussi heureux et détendu depuis très longtemps.

Kay posa une boule de glace sur la première assiette en cherchant un moyen de détourner la conversation.

— Il aime bien vous voir, répondit-elle.

— Non, je crois qu'il aime bien être avec vous !

— Euh... Becky...

— Je l'ai vu traverser la difficile période de son divorce, vous savez, et ce n'était pas très joyeux. Je n'aime pas dire du mal des gens, mais je fais une exception pour son ex-femme. Matt est un type bien, et il ne méritait pas une épouse comme ça. Je suis contente qu'il ait enfin trouvé quelqu'un qui le rende heureux, ajouta-t-elle en souriant.

— Becky, déclara alors Kay, j'ai peur que vous ne vous trompiez. Matt et moi somme juste amis.

— Mais vous vivez ensemble, n'est-ce pas ? rétorqua Becky, étonnée.

— Matt me rend service en m'hébergeant. Mes finances ne me permettaient pas de prendre un appartement, aussi m'a-t-il proposé sa chambre d'amis pour quelques mois.

— Oh..., fit Becky, l'air déçu. Je suis désolée, je pensais que... Mais n'avez-vous jamais pensé à Matt comme... Enfin, comme *ça*, vous comprenez ?

— Bien sûr que non !

— Vraiment jamais ?

Dieu du ciel ! Kay aurait eu du mal à se rappeler un seul instant où elle n'avait *pas* pensé à Matt comme *ça* ! Soudain, les frustrations qui l'accablaient depuis les dernières semaines furent plus fortes qu'elles.

— Peut-être un petit peu, avoua-t-elle en soupirant.

— Un petit peu beaucoup ? suggéra Becky.

— Oui, beaucoup !

— Ah ! Je me demandais si vous étiez aveugle !

— Matt est merveilleux ! Il est gentil, attentionné, et c'est l'homme le plus beau que j'ai jamais rencontré !

— Et sexy. N'oubliez pas sexy.

Kay contempla Becky avec étonnement.

— Ce n'est pas parce que je suis mariée que je ne vois rien, rétorqua celle-ci avec un sourire complice. Alors, quel est le problème ?

— Je ne l'intéresse pas.

— Je n'en crois rien !

Le cœur de Kay se gonfla d'un vague espoir.

— Pourquoi ça ?

— J'ai vu la manière dont il vous regarde.

— Quand ça ?

— Tout le temps ! Au refuge, et ici, ce soir. Ne l'avez-vous donc jamais remarqué ?

— Je ne sais pas, avoua Kay, désarmée. Parfois, je pense que peut-être... et puis ensuite... Mais si je l'intéresse vraiment, pourquoi ne fait-il rien ? Ce ne sont pourtant pas les opportunités qui manquent !

Devant ce problème inattendu, Becky secoua la tête en fronçant les sourcils.

— Je l'ai observé ce soir, reprit-elle. Il ne vous quitte pratiquement jamais des yeux. Il vous abreuve de compliments pour le travail que vous accomplissez au refuge, et vous auriez dû le voir vous suivre du regard quand vous vous êtes levée pour m'accompagner dans la cuisine ! Non, il a envie de vous, j'en mettrais ma main au feu. Il a peut-être simplement besoin d'un peu de temps. Son divorce a été très pénible, et il est soumis à beaucoup de pressions au refuge. Il faut vous montrer patiente.

96

Patiente... Si Matt avait juste besoin de temps, Kay était prête à l'attendre indéfiniment !

— Après tout, ajouta Becky en souriant, je ne crois pas que Matt soit aveugle lui non plus. Vous êtes la femme dont il a besoin : intelligente, belle, et en plus, vous aimez les animaux. Que pourrait-il désirer de plus ?

Quand ils prirent congé de leurs hôtes, Matt regretta que la soirée finisse si tôt. Le petit sofa où Kay et lui étaient assis avait paru rétrécir au cours des heures, et au bout d'un moment, ils avaient cessé de garder une distance protocolaire entre eux. Matt avait alors savouré le contact avec le corps de Kay et le parfum délicat qui émanait de ses cheveux blonds. Et maintenant qu'ils roulaient en voiture, il devait se retenir pour ne pas lui prendre la main...

En arrivant chez Jerry et Becky, il s'était dit qu'ils étaient deux bons amis partageant une bonne soirée avec deux autres bons amis. Cela avait duré une dizaine de minutes, jusqu'à ce qu'elle s'assoie sur une chaise longue, lui révélant ses jambes bronzées, superbes. Ils avaient ensuite atterri sur ce minuscule canapé, et Matt avait poursuivi son exploration de domaines interdits... où l'on ne s'aventurait pas avec une simple colocataire !

— Je me suis beaucoup amusée ce soir, déclara soudain Kay.

— Moi aussi. Nous pourrions peut-être leur rendre la politesse et les inviter un soir à la maison ?

— Si nous préparons le dîner, il faudra prendre une assurance spéciale ! rétorqua-t-elle en riant.

— Pourquoi ? Vous pourriez faire votre gratin de pâtes au fromage ?

— Et vous votre truc au beurre de cacahuètes. A moins que nous ne cuisinions ensemble et que nous ne concoctions un gratin de pâtes au beurre de cacahuètes ?

— Cela vaudrait le coup d'essayer !

Ils éclatèrent de rire ensemble, et passèrent la fin du trajet à imaginer l'association de leurs spécialités respectives.

Quand ils arrivèrent chez Matt, celui-ci riait tellement qu'il manqua de percuter un panneau de signalisation. Quant à Kay, elle avait des larmes aux yeux et des crampes dans la mâchoire.

Matt flottait dans la douce euphorie qui le prenait après chaque fou rire, et il ne lui échappa pas que cela ne lui était pas arrivé depuis très longtemps. Il ouvrit la porte arrière de la maison, et ils entrèrent tous deux dans la cuisine. Un profond silence régnait dans la vieille demeure, pâlement éclairée par la lune.

Kay tendit la main vers l'interrupteur, mais au lieu d'allumer la lumière, elle resta immobile un instant puis se retourna vers lui. Dans la lueur opalescente de la lune, ses yeux prirent un éclat presque fluorescent. A cause du silence qui les entourait, de l'obscurité et de l'heure tardive, Matt eut alors l'impression qu'ils étaient les deux derniers êtres humains vivants, et tous les petits problèmes de sa vie lui semblèrent soudain insignifiants.

Ils se regardaient toujours sans bouger, et chaque seconde qui passait semblait les rapprocher l'un de l'autre. Le regard de Kay indiquait clairement ce qui lui trottait dans la tête, et c'était si proche de ce qui trottait dans celle de Matt qu'il fut secoué par un frisson de pur désir physique. « Non ! Non ! » lui répétait sa conscience sans interruption.

Malheureusement, en regardant Kay, ce n'était plus sa colocataire qu'il voyait, mais une femme superbe dont les yeux d'un bleu saphir luisaient dans la pénombre. Il aurait été si facile de la prendre dans ses bras, de l'embrasser, de caresser ses joues, de...

Répondre au téléphone !

Lorsque la sonnerie retentit, ils sursautèrent tous les deux. Matt résista à l'envie d'arracher l'appareil du mur et décrocha le combiné.

— Allô ? Oui, bonsoir, madame Feinstein.

Il haussa les épaules en levant les yeux au ciel.

Kay n'en croyait pas ses oreilles. Comment cette vieille casse-pieds avait-elle pu deviner avec autant d'exactitude le moment où son appel serait le plus inopportun ? Pendant que

Matt lui parlait, elle marcha jusqu'au réfrigérateur et fit semblant d'y chercher quelque chose. En réalité, elle avait besoin d'un peu d'air frais, car la température de la cuisine paraissait avoir brusquement grimpé de 40 degrés !

Chaque fois que Matt l'approchait d'un peu trop près, une vague de chaleur la submergeait, et à présent, Kay se sentait proche du point d'ébullition ! Pourtant, rien ne s'était passé entre eux, et la jeune femme avait la certitude qu'il en aurait été ainsi même sans l'appel de Mme Feinstein. Elle aurait pu rester des heures dans la lumière de la lune en vain. Matt lui avait opposé trop souvent une fin de non-recevoir pour que les choses changent si vite ! Malgré tout, pendant un bref instant, elle aurait juré que...

Kay sortit une bouteille de jus d'orange du réfrigérateur et s'en versa un grand verre. La première gorgée du liquide glacé la ramena sur terre.

— Peut-être devriez-vous me l'apporter, déclara Matt toujours au téléphone. Non, ne vous inquiétez pas, je serai là.

— Qu'est-ce que c'est, cette fois-ci ? lui demanda Kay quand il raccrocha.

— Apparemment, André a un peu de fièvre.

— Ne me dites pas qu'elle lui a pris sa température !

— Non, elle le sent sur son front, répondit-il, amusé.

— On peut savoir si un chien a de la fièvre de cette manière ?

— Pas du tout, mais que voulez-vous... Il n'est que 11 heures, ajouta-t-il en regardant sa montre. Voulez-vous rester debout encore un peu ? Peut-être regarder la télévision ? Après tout, nous sommes vendredi.

— Oui, entendu.

— Je n'en aurai pas pour longtemps. Il y aura bien quelque chose à regarder. Une série idiote, un documentaire, un vieux film...

Ils échangèrent un sourire complice et Kay monta au premier. Un instant plus tard, les petits pas affolés de Mme Feinstein résonnaient sous le porche. Kay s'installa dans le canapé et regarda une série en attendant que Matt la rejoigne.

Avant d'emménager avec lui, jamais elle ne se serait doutée du temps qu'il consacrait à son travail. Il répondait au téléphone à n'importe quelle heure, et écoutait patiemment ses clients avant de leur donner des conseils. Tous les soirs, il prenait la peine d'appeler les maîtres des animaux particulièrement malades qu'il avait vus dans la journée. Le téléphone avait sonné une fois au milieu de la nuit, et elle l'avait entendu descendre l'escalier pour aller répondre. Sans compter ses consultations ordinaires de la journée et le travail du refuge...

Et plus d'une fois également Kay l'avait découvert accoudé à la table de la cuisine, en train de contempler sombrement ce qui ressemblait à des factures. Il ne parlait jamais des finances du refuge, mais elle devinait à sa mine consternée que tout n'allait pas très bien de ce côté.

Fermant les paupières, Kay se demanda ce qui pourrait rapporter davantage d'argent au refuge. Ce qui pourrait pousser Matt à la voir autrement que comme une colocataire. Soudain, elle se demanda comment il réagirait s'il la trouvait nue sur le canapé en remontant au premier...

— Allez, Belle au bois dormant, il est l'heure d'aller se coucher...

Kay cligna des paupières et se rendit compte qu'elle s'était endormie sur le canapé du salon. Matt l'observait d'un air amusé.

— Quelle heure est-il ? lui demanda-t-elle d'une voix engourdie.

— Presque 1 heure.

1 heure ? Matt avait passé deux heures en bas ?

— Son chien est donc bien malade cette fois ?

— Non, il va très bien.

— De la fièvre ? demanda-t-elle en bâillant.

— Non, j'ai réussi finalement à la convaincre qu'il était en pleine forme.

Kay n'en revenait pas. A sa place, elle aurait envoyé Mme Feinstein paître en lui conseillant de ne revenir que lorsque son chien serait vraiment malade ! Et Matt, avec tout ce qu'il avait sur les bras, trouvait le moyen de consacrer deux heures à réconforter une vieille dame...

— Un maître hypochondriaque, fit-elle observer. Cela doit vous rendre fou, non ?

— Oh, j'aime bien Mme Feinstein. La pauvre a perdu son mari il y a six mois, et sa famille habite loin. Son chien est tout ce qui lui reste et elle a peur de le perdre à son tour. Je crois que, parfois, elle souhaite simplement parler avec quelqu'un. Ce n'est pas bien méchant.

Pas bien méchant ? Robert avait une fois fait attendre deux jours une cliente hystérique parce qu'il ne supportait pas son parfum, et Matt tolérait sans se plaindre qu'une veuve solitaire qui n'avait personne d'autre avec qui bavarder lui fasse perdre son précieux temps ?

D'un seul coup, tout devint clair. Kay comprit enfin que Matt éprouvait de la compassion non seulement pour les animaux, mais aussi pour tous les gens qui l'entouraient. Et elle comprit aussi qu'elle était amoureuse de lui !

Le samedi matin, Kay arriva au refuge à 9 heures, dans l'intention de travailler jusqu'à 13 heures. Ses cent heures étaient presque terminées, et elle voulait s'assurer d'avoir fini à la date prévue par le contrat que Robert lui avait fait signer. A son arrivée, Hazel lui tendit un paquet qu'un coursier avait apporté la veille. La jeune femme lut l'adresse de l'expéditeur et se mit à sourire.

— Qu'est-ce que c'est ? lui demanda Hazel.

— Vous verrez, répondit-elle en se dirigeant vers la salle des chats.

Vingt minutes plus tard, Hazel frappait à la porte alors que Kay attachait un collier au dernier chat. La vieille dame fit le tour de la pièce des yeux, puis passa de cage en cage pour s'assurer qu'il ne s'agissait pas d'une hallucination. Mais non : chaque chat portait bien un collier orné de strass.

— Ils viennent de chez Chat Chic, expliqua Kay. C'est comme habiller des clochards en haute couture, mais si cela peut inciter les visiteurs à les adopter... Qu'en pensez-vous ? Un peu kitsch, non ?

Interloquée, Hazel resta muette.

— Je me demande ce que va dire Matt, reprit Kay, tout excitée à cette idée.

Elle l'imaginait déjà levant les yeux au ciel comme s'il venait de voir la chose la plus stupide du monde, puis la contempler d'un air consterné. Et enfin, ne pouvant plus se retenir plus longtemps, éclater de rire ! Rien que d'imaginer ce rire la remplissait d'aise.

— Je dois sortir un instant, déclara Hazel. Pouvez-vous rester à l'accueil ?

— Bien sûr.

Avant de sortir, Hazel parcourut la pièce des yeux et fronça les sourcils d'un air pensif.

— Vous savez, ces colliers ne sont pas une mauvaise idée. Ils leur donnent une certaine classe.

— Alors, vous les aimez ?

— Oui. Et le nouveau panneau d'affichage de la salle d'attente a bonne allure, lui aussi. Bravo, Kay, vous faites du bon travail.

Kay la regarda sortir, médusée. Hazel venait-elle vraiment de la complimenter ?

C'est alors qu'elle se rappela que celle-ci lui demandait de la remplacer à l'accueil pour la troisième reprise depuis le début de la semaine. Et qu'elle ne la regardait plus d'un air aussi sévère que par le passé. D'ailleurs, elle lui avait même souri une fois ou deux ! Hazel possédait un caractère assez autoritaire, certes, mais jamais elle ne lui avait attribué une tâche qu'elle-même n'aurait pas accomplie. Kay sentit qu'au fond, elle aimait bien la vieille dame. Et peut-être cette dernière le lui rendait-elle... ?

Après avoir enfermé le dernier chat, Kay vint s'installer au guichet et prit le magazine de mots croisés de Hazel. Mais elle ne parvint pas à se concentrer. Pouvait-elle réellement être amoureuse de Matt ? Après son expérience désastreuse avec Robert, et quelques autres, guère plus réjouissantes, comment pouvait-elle savoir ce qu'était l'amour ? Et comment le saurait-elle jamais, puisque Matt ne l'aimait pas ?

Le bruit d'une portière de voiture qui claquait la ramena

sur terre. Une minute plus tard, un homme entra dans le refuge, accompagné d'un garçon d'une dizaine d'années.

— Bonjour, déclara l'homme. Nous cherchons un chien à adopter.

— Alors vous êtes à la bonne adresse, répondit Kay en se levant. Et justement, ajouta-t-elle en s'adressant à l'enfant, nous avons un chien très gentil que tu vas aimer, je pense.

Elle retint son souffle en accompagnant l'homme et son fils dans le chenil et s'arrêta devant la cage de Chester. Celui-ci se leva et les regarda en agitant la queue. Le cœur de Kay se gonfla d'émotion, comme toujours, mais le charme du petit chien n'agit pas comme prévu sur l'enfant.

— Lui ? dit-il avec une grimace de dégoût.

— Oui, c'est vraiment un brave chien, tu sais.

— Mais comment peut-il jouer à la balle ou courir ?

— Oh, je suis sûre qu'il peut apprendre d'autres jeux, répondit-elle. Il n'est probablement pas aussi rapide que les autres chiens, mais...

— Papa ! s'exclama le garçon en pointant du doigt la cage de Rambo. Regarde le gros chien noir ! C'est celui-là que je veux.

Chester observa l'enfant encore un instant, puis retourna se coucher en boule au fond de sa cage, comme s'il avait compris que sa chance était passée. Kay en fut attristée. Pourquoi les gens le rejetaient-ils sans même lui accorder un instant d'attention ?

— Je ne sais pas, déclarait le père à son fils. Tu crois que tu serais capable de t'occuper d'un gros chien comme ça ?

— Bien sûr que oui ! rétorqua le garçon. Est-ce qu'on peut le faire sortir ? demanda-t-il à Kay. Je peux jouer avec lui ?

La jeune femme se tourna vers le père, qui haussa les épaules d'un air d'impuissance. Elle ouvrit donc la cage de Rambo, qui se dirigea droit vers l'enfant. Celui-ci lui passa les bras autour du cou, et Rambo le débarbouilla en deux coups de langue.

— Papa, s'il te plaît ! C'est un chien tellement gentil !

— Notre jardin n'est pas très grand et...

— Je le promènerai tous les jours !

— Il doit manger comme quatre.

— Je payerai sa nourriture avec mon argent de poche, c'est promis. S'il te plaît, papa !

— Est-ce qu'il est propre ? demanda le père à Kay.

— Propre ? Euh... Je suis sûre que cela ne sera pas un problème.

— Tu vois ? rétorqua l'enfant. S'il est propre, maman ne dira rien. Et en plus il a des poils courts. Maman aimera ça aussi.

Pendant que le garçon négociait avec son père, Rambo se mit à renifler partout. Kay se demanda pourquoi, mais ne trouva pas la réponse avant qu'il s'approche d'elle et lève la patte. Lorsqu'un jet chaud se mit à couler sur son genou, la lumière jaillit dans son esprit.

— Rambo !

— Beurk ! s'écria le petit garçon, fasciné. Il a fait pipi sur votre pantalon !

— Vous aviez dit qu'il était propre ! ajouta son père.

Kay ne répondit pas.

— Tiens donc ! Bonjour, Kay !

La voix trop familière la pétrifia sur place. Non, impossible ! Cela ne pouvait être...

Elle se tourna lentement et sa colère se multiplia brusquement par mille.

Robert !

10.

Vêtu d'un élégant costume italien, Robert se tenait appuyé contre le chambranle de la porte, et arborait un sourire satisfait.

— Que fais-tu ici? lui demanda Kay d'un ton sec.

— Je passais dans le coin...

Mortifiée, Kay attrapa Rambo par le collier et le fit rentrer dans sa cage. Pendant ce temps, le père entraînait son fils vers la porte, ayant apparemment décidé que ce n'était pas un bon jour pour adopter un chien. Une fois Rambo enfermé, la jeune femme sortit à son tour de la salle des chiens. Robert s'écarta ostensiblement pour la laisser passer.

Elle se rendit dans la cuisine et essuya son jean avec des serviettes en papier. Robert, qui l'avait suivie, la contemplait toujours avec son petit sourire pernicieux.

— Tu fais d'autres tours également? Ou juste celui-là? lui demanda-t-il sur un ton faussement innocent.

— Le spectacle est terminé, Robert, lui répondit-elle. Tu peux rentrer chez toi maintenant.

— Mais enfin, Kay, quelque chose ne va pas? J'ai l'impression que tu ne vis pas l'expérience enrichissante que j'espérais pour toi.

— Tu plaisantes? Je vis *exactement* l'expérience que tu espérais pour moi!

Robert éclata alors d'un rire métallique.

— Non, je dois admettre que je n'avais jamais envisagé

quelque chose d'aussi humiliant. Ce grand corniaud noir a résumé ma pensée d'une manière parfaite !

Folle de colère, Kay s'avança vers lui et allait lui flanquer la gifle du siècle quand quelqu'un l'enlaça et la retint en arrière. Matt, qu'elle n'avait pas entendu entrer, venait de l'attraper à bras-le-corps.

— Lâchez-moi ! cria-t-elle.

Elle se débattit, voulant à tout prix qu'il la laisse assouvir ses pulsions homicides, mais il la tenait fermement et refusait de la libérer.

— Kay ? lui demanda-t-il d'un ton calme. Peut-être devriez-vous m'expliquer ce qui se passe ici ?

— Je veux le voir sortir ! s'écria-t-elle en désignant Robert du menton. Non, pardon : je veux le voir *mort !*

— Vraiment, Kay, il serait temps que tu apprennes à contrôler tes pulsions, déclara Robert.

— Tu n'as encore rien vu de mes pulsions, espèce de vermine infecte !

— Ah bon ? Et que comptes-tu faire cette fois-ci ? Encore tondre mes chiens ?

Alors que la jeune femme se débattait toujours entre les bras de Matt, il se mit à rire et reprit la parole.

— Eh bien, Forrester, je crois que vous avez fort à faire ici, aussi je ne m'éterniserai pas. J'ai été content de bavarder avec toi, Kay. Je repasserai la prochaine fois que je suis dans le quartier, et tu ne peux pas savoir avec quelle impatience j'attends ce moment.

Il lui fit un signe d'adieu moqueur avant de tourner les talons et de disparaître.

— Matt, lâchez-moi !

— Comptez-vous lui courir après ?

— Oui !

— Alors je ne vous lâche pas.

Elle s'agita sans parvenir à lui échapper, ce qui ne fit que renforcer sa colère.

— Je ne vais pas vraiment le tuer, Matt, je vous le jure.

— Calmez-vous donc, répondit-il sur un ton raisonnable. Expliquez-moi plutôt ce qui s'est passé.

— Vous voulez le savoir ? Reniflez donc !

Ce qu'il fit, avant de froncer les sourcils et de baisser les yeux vers la jambe de son jean.

— Oh oh... Quel chien vous a eue ?

— Rambo. Et Robert est arrivé juste au moment où cet animal débile prenait ma jambe pour un arbre ! Evidemment, Hollinger a trouvé que c'était la chose la plus drôle du monde. Je le déteste, Matt ! Non, je le hais ! Je hais tout ce qui le concerne ! Je hais sa manière de s'habiller, sa manière de marcher, sa manière de parler...

Matt tira une chaise de dessous la table et força Kay à s'asseoir. Et pour l'empêcher de se relever, il lui posa les deux mains sur les épaules.

— Je peux vous poser une question ? lui demanda-t-il. Pourquoi diable aviez-vous décidé d'épouser un type comme ça ?

Les bras croisés sur la poitrine, elle le contempla un instant sans répondre. Comment lui expliquer sans paraître totalement stupide ?

— Dès que j'ai dit à ma famille que Robert m'avait demandée en mariage, déclara-t-elle enfin, ils ont bondi de joie comme si j'avais gagné la super-cagnotte du loto ! Quand ils ont eu terminé de me féliciter et de souligner la chance incroyable qui m'était donnée, j'avais bien compris qu'ils ne me pardonneraient jamais de refuser ce mariage. Je crois que c'est la première fois de ma vie que je faisais quelque chose qu'ils approuvaient vraiment.

Matt la contempla un instant sans réagir, comme s'il n'avait pas compris ses paroles.

— C'est pour *ça* que vous avez accepté de l'épouser ? dit-il enfin.

— Vous ne comprenez pas, Matt. Mes parents sont avocats. Ma sœur est avocate. Mon frère est magistrat. Et moi, je ne suis qu'une secrétaire, et encore c'est tout nouveau : avant ça, j'étais... serveuse, ajouta-t-elle presque à voix basse.

Elle avait l'impression d'avoir confessé un passé honteux de stripteaseuse, et attendait anxieusement le petit sourire ironique qui apparaissait sur tous les visages quand elle avouait la vérité. Mais Matt resta impassible.

— Il n'y a rien de mal à être serveuse, dit-il. C'est un métier difficile et honnête.

— J'ai quitté l'université au bout d'un an.

Pour ceux qui avaient fait des études, abandonner en première année était vraiment une honte. En tout cas, c'est ce que pensait sa famille ! Matt, lui, se contenta de hausser les épaules.

— Tout le monde n'est pas fait pour les études.

— J'ai été renvoyée trois jours du lycée parce que j'avais enveloppé la voiture du proviseur de papier hygiénique, ajouta-t-elle d'un air de défi.

— Je connais un garçon qui a jeté des œufs sur la voiture de son prof d'histoire, répondit-il en souriant. Il y avait un soleil de plomb ce jour-là et la voiture était noire : les œufs ont frit sur la carrosserie.

— Et que lui est-il arrivé ?

— Il a été renvoyé deux jours lui aussi. Ensuite, il a passé son bac, il est allé à l'université et il est devenu vétérinaire.

En dépit de son chagrin, la jeune femme ne put s'empêcher de sourire. Si sa famille avait le don de lui donner des complexes d'infériorité, Matt possédait celui de la mettre à l'aise. Pourquoi ne pouvaient-ils pas être davantage qu'amis ?

— Et qu'avez-vous fait à la maternelle ? reprit-il. Vous avez peint les murs à la gouache ?

— Non, mais j'ai passé trois jours au coin parce que je refusais de colorier à l'intérieur des lignes.

— Vous étiez vraiment une dangereuse contestatrice, fit-il observer.

— Oui. Mon institutrice pensait que le monde s'arrêterait de tourner si je ne passais pas le crayon rouge exactement au bon endroit. Ma mère pensait la même chose, et ma punition a continué à la maison.

— Le conformisme est démodé, conclut Matt. Regardez la manière dont vous réglez les problèmes : je ne pouvais pas acheter la litière que vous vouliez, et vous avez donc trouvé un moyen original pour l'obtenir autrement.

— Cela n'a rien d'extraordinaire! protesta-t-elle. Avec un peu de bagout, n'importe qui peut y arriver.

— Vous travaillez dur également au refuge, poursuivit-il. La salle des chats ressemble désormais à une chambre du Ritz.

— Il suffit de ne pas ménager sa peine et d'avoir l'estomac bien accroché pour y arriver.

— Et pour la première fois depuis très longtemps, je ne redoute plus de rentrer chez moi le soir, ajouta-t-il d'une voix plus douce.

Kay ferma les yeux. Les paroles de Matt lui procuraient un plaisir tel que les souvenirs de sa famille disparurent de son esprit comme par enchantement. Sa frustration se réveilla malheureusement bien vite. Pourquoi lui disait-il des choses si merveilleuses? Ne comprenait-il pas que cela le rendait encore plus attachant?

— N'écoutez donc pas les membres de votre famille, reprit-il. Ils vont vous rendre folle!

Sheila le lui avait déjà répété des centaines de fois. Il était peut-être temps de commencer à la croire?

— Je ne les écoute pas. Je me moque de ce qu'ils disent ou pensent de moi!

Kay prononça ces mots avec une énergie qui masquait mal son manque de conviction. Les larmes lui montèrent aux yeux et elle baissa la tête en maudissant sa faiblesse. Pourquoi diable attendait-elle l'assentiment de gens qui ne savaient que la critiquer? De gens qu'elle n'estimait même pas?

Elle essuya ses joues d'un geste furtif avec l'impression désagréable de s'être encore une fois ridiculisée devant Matt.

— Bon, je n'en suis pas encore là, admit-elle. Mais cela viendra.

— D'après ce que vous m'avez raconté, j'imagine que cela a dû être embarrassant pour vous lorsque Robert a rompu vos fiançailles.

— C'est ce qu'il vous a raconté? rétorqua Kay, étonnée. Que c'était *lui* qui avait rompu nos fiançailles?

— Euh... Oui, en effet...

Pendant un instant, une folie meurtrière parut la saisir, puis ses traits s'apaisèrent et affichèrent une expression de profond dégoût.

— De sa part, cela ne devrait pas me surprendre. Puisqu'il a été capable de faire l'amour avec une femme dans son bureau trois mois avant notre mariage, je ne vois pas pourquoi il aurait hésité à mentir à ce sujet, n'est-ce pas ?

— Il vous a trompée ? rétorqua Matt, stupéfait. Dans son bureau ?

— Il faut croire qu'il était trop pingre pour se payer une chambre d'hôtel !

Matt était stupéfait. Depuis le début, Hollinger lui faisait croire qu'il avait le beau rôle et que Kay était complètement hystérique ! Cette découverte acheva de lui faire perdre le peu d'estime qu'il avait encore pour l'avocat. En réalité, il détestait tous ces gens qui avaient fait du mal à Kay. Sa famille, ce Robert, ne voyaient-ils donc pas qu'elle était une fille formidable ?

Son indignation grandit encore lorsqu'il la vit essuyer de nouvelles larmes.

— Ne pleurez pas. Ce type n'en vaut pas la peine.

— Non, croyez-moi, je ne pleure pas à cause de lui. Je me fiche bien désormais de Robert Hollinger. C'est toute l'histoire que je trouve déprimante. C'est dur de se rendre compte qu'on a moins d'importance aux yeux de l'homme qu'on va épouser que trois cockers stupides...

— Maintenant, je comprends pourquoi vous avez fait tondre ces animaux, murmura-t-il. Vous avez bien fait !

— Non, j'ai eu tort, rétorqua-t-elle. Je suis trop impulsive et cela me cause toujours des ennuis. Si j'avais réfléchi un peu, je n'en serais pas là où j'en suis aujourd'hui.

— Ce n'est pas moi qui m'en plaindrai, répondit-il doucement. J'y aurais beaucoup perdu.

La jeune femme le contempla avec surprise, les yeux encore pleins de larmes. Jamais Matt n'avait eu autant envie d'embrasser une femme de toute sa vie ! Tout en elle le séduisait, et pourtant il ne pouvait pas céder à cette douce inclination qui les poussait l'un vers l'autre.

110

Et tout ça parce que Robert Hollinger était un individu sans scrupules qui le manipulait et l'avait placé dans une situation intenable. Et si Matt ne voulait pas dire adieu à la bourse Dorland, il ne devait plus la considérer que comme une amie et oublier jusqu'à nouvel ordre son désir pour elle !

— Je crois que j'ai entendu une portière de voiture dehors, dit-il d'une voix un peu tremblante. C'est peut-être une famille de dix enfants qui veulent chacun leur animal familier !

— Oui, sûrement, répondit Kay en se levant. Et je leur dirai qu'aujourd'hui on peut en avoir deux pour le prix d'un.

Après lui avoir adressé un sourire un peu crispé, la jeune femme attrapa une serviette en papier sur la table et sortit en se tamponnant les yeux.

Une fois seul, Matt laissa échapper un profond soupir. Il avait beau se répéter qu'ils n'étaient pas faits l'un pour l'autre, qu'elle ne comprendrait jamais son dévouement pour le refuge et que ses cent heures terminées elle partirait à tout jamais, plus le temps passait, plus il s'attachait à elle ! Il savait désormais que Hollinger lui avait menti, et la véritable Kay se dévoilait chaque jour davantage devant ses yeux. Et chaque jour qui passait lui montrait quelle jeune femme merveilleuse elle était !

Hélas, il ne lui restait plus que quinze heures à effectuer au refuge, et après cela, Matt se doutait bien qu'elle ne tarderait pas à prendre un appartement. Plus l'échéance approchait, et plus il jugeait insupportable l'idée de se retrouver tout seul dans sa grande maison. Il y avait si longtemps qu'il n'avait pas connu la chaleur d'une présence humaine à ses côtés qu'il avait presque oublié combien c'était bon ! Et maintenant qu'il s'en souvenait, il n'avait plus envie de vivre sans !

Sans elle...

Comment tout cela était-il arrivé ? Il y avait autre chose que la solitude, autre chose que le désir. Même s'il avait voulu s'en persuader depuis le début, son esprit commençait enfin à admettre ce que son cœur devinait depuis longtemps : il ne désirait pas n'importe quelle présence près de lui. Il désirait celle de Kay !

Combien de temps pourrait-il encore jouer la comédie ? Tôt ou tard, elle finirait bien pas lire dans ses yeux le désir qu'il tentait de cacher. Et Matt n'avait pas la moindre idée de ce qui arriverait alors...

Cet après-midi-là, le téléphone de la clinique sonna. Matt le décrocha dans la cuisine. A peine eut-il entendu la voix qui résonnait à l'autre bout de la ligne qu'il regretta d'avoir répondu.

Hollinger ! Après ce que lui avait raconté Kay, entendre cette voix mielleuse lui donnait la nausée.

— Je voulais juste vous dire combien j'étais satisfait de la manière dont les choses se déroulent, lui dit Hollinger. Le petit spectacle de cet après-midi valait tous les efforts que j'ai déployés pour vous faire obtenir cette bourse.

— Cela arrive parfois lorsqu'on travaille avec des animaux.

— Oui, parfois. Et voir que cela tombait sur Kay m'a comblé !

Matt resta silencieux.

— Je voulais aussi vous prévenir que la cérémonie de remise de la bourse a lieu dans deux semaines.

— Une cérémonie ?

— Bien sûr. A l'hôtel Fairmont. Il faudra préparer un petit discours. Nous espérons deux cents personnes, et il y aura la presse...

— La presse ? l'interrompit Matt. Attendez une minute ! Vous ne m'avez jamais rien dit à ce sujet !

— Que croyiez-vous donc, Forrester ? Qu'on vous enverrait simplement le chèque par la poste ?

En réalité, c'était exactement ce qu'avait pensé Matt.

— Non, bien sûr que non, mais...

— Dans deux semaines, à 19 heures. Cela vous pose un problème ?

— Euh... Non, aucun problème.

— J'en étais sûr. Bravo, Forrester, je savais que je pouvais compter sur vous.

Il y eut un déclic sur la ligne. Hollinger avait raccroché. Matt en fit autant, soudain aux prises avec une inquiétude familière. Deux cents personnes ? Une cérémonie ? Un discours ? La presse ?

D'un autre côté, il ne restait que deux semaines. Deux semaines de demi-mensonges et de ruses pour cacher à Kay le rôle de Hollinger dans cette affaire ! Et surtout le sien... Peut-être devait-il lui avouer toute la vérité ? Elle comprendrait sûrement, à présent...

« Tu rêves debout ! lui rétorqua son bon sens. Après la performance de Rambo cet après-midi, sa haine à l'égard de Robert a atteint des sommets. Si tu lui racontes tout, elle en sera indignée et verra cela comme une trahison de ta part. Sans avoir totalement tort, admets-le. Tu n'as plus le choix : tu dois aller jusqu'au bout de cette mascarade sans qu'elle ne devine rien. »

Quelques jours plus tard, Kay examinait son agenda, allongée sur son lit. Le troisième vendredi de septembre, son contrat avec Robert serait terminé et elle n'aurait plus rien à faire au refuge. Un soupir lui échappa alors qu'elle refermait le calendrier. A son arrivée au refuge, sa hâte d'en terminer surpassait tout le reste. Alors qu'à présent, elle aurait voulu que ces cent heures ne finissent jamais ! La perspective de quitter Matt la rendait malade...

Depuis le jour où Robert leur avait rendu visite, la jeune femme caressait le microscopique espoir que quelque chose se passerait qui ressusciterait la complicité qu'ils avaient partagée dans la cuisine du refuge. Mais si Matt se montrait toujours d'une compagnie exquise, le mur invisible qui les séparait n'avait pas bougé. Et rien ne laissait croire que cela allait changer...

La voix de Matt qui l'appelait de la cuisine la tira de ses pensées. La jeune femme se leva péniblement et descendit au rez-de-chaussée. Il avait préparé le dîner, et une tourte au poulet trônait au milieu de la table.

— Je crois que je n'ai plus que quelques heures à effectuer au refuge, déclara Kay nonchalamment.

— Vraiment?

— Oui. Je pense que je vais commencer à chercher un appartement dès samedi.

— Il n'y a pas d'urgence, protesta-t-il en la servant. Vous pouvez rester ici aussi longtemps que vous le souhaiterez.

Et pourquoi pas toujours?

Kay savait qu'il agissait ainsi par gentillesse, et elle n'avait aucune intention de retarder davantage l'inévitable. Plus long serait son séjour dans cette maison, plus difficile serait leur séparation. Et qu'arriverait-il si elle décidait de rester un mois de plus et qu'il se mettait à fréquenter une autre femme? Jamais elle ne pourrait supporter cela!

Non, une séparation rapide et nette valait bien mieux.

— Merci, mais j'ai maintenant assez d'argent pour un dépôt de garantie, répondit-elle. Je partirai d'ici dès que j'aurai trouvé un logement.

Matt acquiesça silencieusement, et la jeune femme aurait voulu pleurer. Lui ne perdait qu'une colocataire. Elle perdait l'homme qu'elle aimait!

11.

Le lendemain, à son bureau, Kay qui avait l'impression d'évoluer en plein brouillard, commit maladresse sur maladresse. Les fax partaient aux mauvais numéros, les fautes de frappe proliféraient et une tasse de café atterrit sur sa table. Tout en épongeant les dégâts, Kay remercia le ciel que M. Breckenridge ne soit pas là pour assister au désastre. La secrétaire qu'elle remplaçait rentrait la semaine suivante, et Kay avait l'intention de se montrer aussi efficace que possible jusqu'à son dernier jour. D'une part, son travail lui plaisait de plus en plus, et d'autre part, M. Breckenridge lui donnerait peut-être une lettre de références flatteuse qui compenserait la mauvaise publicité que Robert lui avait faite.

— Mademoiselle Ramsey?

Kay sursauta et fit demi-tour en cachant dans son dos ses Kleenex imbibés de café.

— Oui, monsieur Breckenridge?

— Puis-je vous voir un instant, s'il vous plaît?

— Oui, bien sûr...

Il avait parlé d'une voix solennelle qui l'intrigua. De quoi voulait-il l'entretenir?

— Robert Hollinger, déclara-t-il lorsqu'ils furent assis dans son bureau. J'ai cru comprendre que vous aviez travaillé pour lui.

La jeune femme sentit son taux d'adrénaline monter en flèche. Comme on l'avait gardée plusieurs semaines dans ce

115

cabinet, elle en avait déduit que Robert avait perdu sa trace. Mais apparemment, il avait fini par la retrouver...

— Oui, monsieur, c'est exact.

— Je lui ai parlé ce matin. Je dois dire qu'il avait des choses assez surprenantes à raconter à propos de vos capacités professionnelles. Il m'a dit que...

— Inutile de poursuivre, monsieur Breckenridge, l'interrompit-elle en disant mentalement adieu à sa lettre de références. Je sais exactement ce qu'il vous a dit de moi.

— Alors j'aimerais savoir ce que vous en pensez.

Cette remarque la prit au dépourvu. Personne ne lui demandait jamais sa version des faits après avoir entendu les propos de Robert ! Et pourtant M. Breckenridge se tenait derrière sa table de travail, les mains sur les genoux, et il semblait attendre qu'elle parle...

— Avec plaisir ! déclara-t-elle en le regardant droit dans les yeux. Je pense que Robert Hollinger est un homme manipulateur, sans scrupules et égoïste, qui ment comme il respire ! Il ne pense qu'à sa carrière et se fiche complètement de la justice. J'ai appris à le connaître, et j'estime qu'il n'y a pas une once d'honnêteté ou de respectabilité en lui. Pour résumer, c'est un sale type !

Les bras croisés sur sa poitrine, la jeune femme ne quittait pas son patron des yeux. Celui-ci leva un sourcil intrigué, le visage toujours impassible.

— Je vois... Merci d'avoir clarifié cela pour moi. Je ne connais pas très bien, mais le cabinet de M. Hollinger est membre de la fondation Dorland, aussi j'ai eu l'occasion de collaborer avec lui sur plusieurs projets au cours des années. Il m'a toujours fait une impression mitigée, je dois dire. L'impression qu'il était... comment dire... cynique, peut-être ? La conversation que nous avons eue ce matin a confirmé mon impression.

Kay le regardait toujours sans savoir où il voulait en venir.

— Dans des circonstances habituelles, reprit-il, je prends très au sérieux les références de mes employées. Mais nous travaillons ensemble depuis quelques mois, mademoiselle

Ramsey, et en dehors de votre totale incapacité à préparer un café digne de ce nom, je n'ai remarqué chez vous aucun des défauts rédhibitoires que M. Hollinger a évoqués devant moi.

La jeune femme n'en croyait pas ses oreilles. Un homme comme M. Breckenridge accordait davantage foi à ses paroles qu'à celles de Robert ? Une bouffée de plaisir et de fierté lui chauffa les joues.

— La raison pour laquelle je vous ai demandé de venir ici est la suivante, poursuivit-il. Ma secrétaire, la jeune personne que vous avez remplacée, a téléphoné hier pour annoncer qu'elle préférait s'occuper de ses enfants à temps complet. Aussi j'espère que vous serez d'accord pour occuper son poste de manière permanente.

Un travail à plein temps ? Ici ? Avec M. Breckenridge ?

Sans lui laisser le temps de réfléchir, celui-ci mentionna un salaire qui dépassait de beaucoup celui que lui versait Robert, la faisant presque tomber à la renverse.

— Euh, répondit-elle, totalement abasourdie. Je veux dire, oui, monsieur. Je suis très heureuse d'accepter votre proposition.

— Parfait. Voyez Mme Hildebrand qui vous fera remplir les papiers nécessaires.

Sur ces mots, il ouvrit un dossier devant lui et se mit à le feuilleter, comme pour lui indiquer que leur entretien était terminé.

— Monsieur Breckenridge ?

Il releva la tête et lui jeta un regard froid.

— Je sais ce que Robert a dû vous dire à mon sujet et... je voulais vous remercier.

— Vous n'avez pas à me remercier, répondit-il en retournant à son dossier. Vous engager est une décision profitable pour le cabinet.

Ce compliment voilé la fit sourire, et Kay éprouva le besoin irrésistible d'embrasser le front sévère et dégarni de M. Breckenridge. Se doutant qu'il apprécierait peu cette démonstration d'affection, elle sortit sans ajouter un mot, avec la dignité nouvelle qui convenait à la secrétaire d'un des premiers avocats de la ville.

En s'asseyant à son bureau, la jeune femme eut une brusque révélation. En réalité, elle aimait vraiment son travail! Elle aimait l'atmosphère du cabinet, la fièvre qui précédait les plaidoiries importantes, le respect que lui accordaient ses collègues, et le défi que représentait chaque affaire. Et elle était une bonne secrétaire.

Et à son immense satisfaction, M. Breckenridge pensait de même!

Lorsque 17 heures arrivèrent, Kay se préparait à partir quand Jason se présenta devant sa porte, un sourire entendu aux lèvres.

— J'imagine que vous avez accepté le poste? dit-il.

— En effet.

— Cela se fête, non? J'ai une bonne bouteille que je voudrais ouvrir. Pourquoi ne me rejoignez-vous pas chez moi vers... disons 19 h 30?

Kay leva les yeux au ciel. Sa proposition n'avait rien de subtile, et ne la tentait pas du tout!

Elle voulait rentrer à la maison et raconter à Matt son entrevue avec M. Breckenridge. Il l'embrasserait sur les deux joues pour la féliciter, et ils partageraient une bouteille de Coca pour fêter ça. Ensuite, ils loueraient peut-être un film et passeraient le reste de la soirée ensemble sur le canapé.

A deux mètres de distance l'un de l'autre...

Matt serait complètement captivé par la télévision, et Kay par lui. Ils grignoteraient quelques petits gâteaux, bavarderaient, riraient un peu, et puis...

Et puis rien!

Un cri faillit lui échapper à cette perspective déprimante. Matt était sexy, il était l'un des meilleurs amis qu'elle avait jamais eus. Mais ils n'étaient pas amants et ne le seraient vraisemblablement jamais. Kay ne savait pas pourquoi Matt l'ignorait, mais en revanche, elle savait qu'il était temps d'arrêter de se détruire moralement pour un homme qui ne voulait pas d'elle!

Un soupir découragé lui échappa. Passer avec Matt une nouvelle soirée qui ne les mènerait à rien lui semblait soudain plus pénible que de la partager avec Jason...

— Entendu, répondit-elle à ce dernier. Venez me chercher à 20 heures. Nous dînerons chez Rodolpho. Mais pas de champagne, et je ne veux même pas savoir où vous habitez. Entendu ?

Jason parut contrarié qu'elle refuse d'aller chez lui, et en même temps satisfait de la voir enfin accepter son invitation.

— C'est parfait, ma chère.

La jeune femme lui donna son adresse, et quand il sortit de son bureau, elle sentit son cœur se briser en mille morceaux.

Depuis son emménagement chez Matt, il était clair à ses yeux qu'ils n'avaient aucun avenir ensemble. Mais c'était la première fois que Kay agissait en conséquence...

Matt resta tard à la clinique à cause d'une patte de chien cassée. Quand il arriva au refuge vers 18 h 30, il n'y avait personne au bureau de la réception. Hazel avait dû sortir fumer une cigarette et Kay devait être dans la salle des chats. Il passa dans la cuisine pour prendre un soda dans le réfrigérateur, et son attention fut attirée par un mouvement dans la cour. S'approchant de la fenêtre, il regarda dehors et resta pétrifié de surprise.

Dans la lumière déclinante, Kay se tenait au milieu de la cour avec à la main ce qui ressemblait à un Frisbee neuf. Chester était assis à ses pieds. La jeune femme lui montra le Frisbee, puis recula d'une dizaine de pas et lui lança doucement le disque de plastique. Chester aboya mais ne bougea pas et regarda tranquillement le jouet tomber par terre.

Kay le ramassa, le montra de nouveau au chien et recula avant de le lancer. L'animal ne réagit pas plus que la fois précédente.

— Cela fait une demi-heure qu'elle est là...

Matt se tourna et découvrit Hazel derrière lui. Tous deux regardèrent de nouveau dehors. Kay caressa Chester pour l'encourager, puis renouvela l'opération. Le Frisbee resta un long moment suspendu dans l'air, et quand il retomba, Chester se leva sur ses pattes arrière et l'attrapa entre ses dents avant qu'il ne touche le sol.

Kay poussa un cri de triomphe, se précipita sur le chien et le prit dans ses bras. Chester aboyait de plaisir et lui donna un grand coup de langue sur la joue qu'elle ne prit même pas la peine d'essuyer.

— Je l'ai entendue lui parler quand elle l'a fait sortir, déclara Hazel. Elle lui expliquait qu'il devait être très attentif et que s'il apprenait un jeu, il serait sûrement adopté plus facilement.

Pour Matt, ce fut une révélation. La Kay qu'il avait sous les yeux n'avait rien à voir avec celle qu'il avait découverte quelques semaines plus tôt, à son arrivée au refuge. La nouvelle Kay était bonne et attentionnée, avec un cœur gros comme une montagne, et elle avait appris à aimer les animaux au point de se soucier de leur trouver un foyer. Et en la regardant ainsi, il sut qu'elle comprendrait combien le refuge comptait pour lui. Car il comptait pour elle aussi, désormais, c'était certain !

Et il comprit aussi qu'elle avait pris une place importante dans sa vie, si importante qu'il ne pouvait plus imaginer de vivre sans elle. Depuis son emménagement, il n'avait plus jamais souffert de la solitude. Il avait même hâte de rentrer le soir pour la retrouver !

C'était la dernière semaine de septembre. L'air conditionné fonctionnait toujours. Encore quelques semaines, et il pourrait attendre le printemps pour le remplacer. Avec l'hiver, ses frais de fonctionnement allaient baisser brutalement. Les dons que Kay avait obtenus soulageaient déjà ses finances, et si rien de grave n'arrivait, Matt savait qu'il pourrait garder le refuge ouvert. Pour la première fois depuis très longtemps, il connaissait l'espoir et il attendait le lendemain avec confiance !

Il pouvait même se passer de la bourse Dorland.

A l'instant où cette idée lui traversa l'esprit, Matt eut l'impression de voir une porte s'ouvrir devant lui. Pourquoi n'y avait-il pas pensé plus tôt ? En refusant la bourse, il échappait aux griffes de Hollinger. Il serait libre d'avouer ses sentiments à Kay. Et il n'aurait plus à craindre qu'elle découvre sa duplicité, puisqu'il ne toucherait pas un sou !

Il rebroussa chemin jusqu'au bureau de l'accueil et se mit à feuilleter l'annuaire.

— Que se passe-t-il ? lui demanda Hazel, intriguée.

— Je vais dire à Hollinger que je ne veux plus de son argent.

— Comment ?

— Je vais lui dire que je n'aurais jamais dû accepter son offre. Tout va mieux à présent. Les dons que Kay nous a fait obtenir, le temps qui se rafraîchit... Tout va s'arranger. Je n'ai plus besoin de Hollinger.

Ces mots eurent un effet presque magique sur lui. Il se sentait soudain libre et léger comme l'air ! Il allait téléphoner à Robert, et ensuite, il irait dans la cour pour prendre la jeune femme dans ses bras, l'entraîner dans la maison et lui faire l'amour jusqu'aux premières lueurs de l'aube ! Il savait qu'elle en avait autant envie que lui, il le voyait dans ses yeux chaque jour, il le devinait à ses silences, à ses gestes...

Il avait assez attendu ! Son seul regret était de ne pas voir la tête de Hollinger lorsqu'il lui annoncerait la nouvelle !

— Arrêtez, lui dit Hazel alors qu'il décrochait le téléphone.

— Quoi ?

Elle lui tendit une enveloppe portant le nom de sa banque. Il l'ouvrit, lut la lettre, et soudain le monde s'effondra autour de lui. La banque lui donnait jusqu'à la fin du mois pour payer ses échéances en retard, faute de quoi le refuge serait vendu pour rembourser son emprunt.

Matt contempla la lettre comme s'il s'agissait d'une sentence de mort. Il croyait avoir le temps. Il pensait que la banque lui accorderait un délai supplémentaire... La dure réalité s'imposa lentement à lui.

S'il n'acceptait pas la bourse Dorland, le refuge fermerait.

— Docteur ? Où allez-vous ?

Matt ne répondit rien. Il sortit du refuge, grimpa dans sa jeep avec Buddy et démarra en trombe. Il ne savait pas où il allait et s'en moquait. Il voulait juste être quelque part où il ne verrait pas Kay.

Il roula sans but pendant des heures et finit par aller au supermarché. Il se trouvait au rayon des surgelés lorsque son esprit recommença à fonctionner logiquement. Il n'avait pas le choix : il devait aller à la cérémonie de remise de la bourse, prendre son chèque, payer la banque, et ensuite il pourrait tout avouer à Kay et la garder à tout jamais.

Un peu plus calme, il rentra chez lui. A sa grande surprise, il vit une Mercedes noire garée devant son porche, et découvrit un homme assis dans la salle d'attente de la clinique lorsqu'il y entra, les bras chargés de sacs. Un homme vêtu d'un élégant costume sombre et d'une cravate de soie.

— Je peux vous aider ? lui dit-il en refermant la porte.

— J'attends Kay, merci, répondit l'homme. Vous êtes le vétérinaire, n'est-ce pas ?

— Oui, en effet.

L'inconnu fit le tour de la pièce des yeux et plissa le nez comme s'il avait senti quelque chose de nauséabond.

— Un endroit intéressant... Je suppose que vous n'avez pas le *Wall Street Journal* ? ajouta-t-il en regardant la pile de vieilles revues.

— Non, j'en ai peur.

L'homme haussa les épaules et retourna à son journal. Intrigué, Matt passa dans la cuisine pour déposer ses provisions, puis grimpa au premier. Il arrivait sur le palier lorsque la porte de Kay s'ouvrit. Et lorsqu'il la vit, il en eut le souffle coupé !

En jean et T-shirt, elle était belle comme le jour. Dans le tailleur strict requis par son travail, elle provoquait des embouteillages dans la rue. Mais vêtue de cette robe noire qui dévoilait davantage son anatomie qu'elle ne la cachait, Kay représentait un véritable danger pour tout homme digne de ce nom ! Jamais il ne l'avait vue aussi splendide ! Il s'approcha timidement en espérant que ses yeux n'allaient pas lui sortir de la tête.

— Euh... Qui est ce type en bas ?

— Jason Bradley.

— Qui ?

— Nous sortons dîner ensemble ce soir.

122

Matt eut l'impression de recevoir une gifle. Un dîner? Kay sortait dîner avec ce pantin?

Elle se tourna et lui présenta son dos.

— Je n'arrive pas à atteindre la fermeture Eclair. Vous pouvez m'aider?

Elle écarta ses boucles blondes qui retombaient en cascade sur ses épaules pour lui faciliter la tâche, et Matt contempla un instant sa peau laiteuse et la bretelle de son soutien-gorge. Puis il tira la fermeture à glissière en regrettant chaque centimètre carré d'épiderme qui disparaissait.

Pendant une seconde, il se vit en train de l'embrasser voluptueusement, puis de rouvrir cette fermeture...

— Merci, lui dit-elle.

Brusquement ramené sur terre, Matt la vit disparaître dans sa chambre, puis réapparaître avec un minuscule sac à main en strass noir et un tube de rouge à lèvres.

— Où avez-vous rencontré ce type? lui demanda-t-il.

— Au bureau.

— Il ne me plaît pas.

— Vous ne le connaissez même pas! rétorqua-t-elle, surprise.

— Il porte des chaussures anglaises.

— Il est avocat, cela fait partie de son uniforme.

— Un avocat? Enfin, Kay, Robert ne vous a pas suffi?

— Jason n'est pas Robert, lui fit-elle observer en serrant les lèvres.

— Donnez-lui quelques années et vous verrez! Où vous emmène-t-il?

— Chez Rodolpho.

Matt tressaillit en entendant le nom du restaurant. Ce n'était pas le plus cher de la ville, mais presque. Lui qui avait à peine de quoi inviter Kay à la pizzeria!

La jeune femme descendit l'escalier, suivie par Matt qui ne perdit pas une miette de son déhanchement sensuel. Lorsqu'ils arrivèrent dans la salle d'attente, Jason se leva et poussa un sifflement d'admiration.

— Eh bien! Cela valait la peine d'attendre!

Kay lui sourit et Matt eut soudain envie de mourir.

Jason la prit par le bras et se dirigea vers la porte. Matt resta immobile et impuissant, ne trouvant aucun moyen de l'arrêter. Jason était de toute évidence un de ces don Juan qui collectionnaient les conquêtes féminines. Comment Kay pouvait-elle sortir avec un type comme lui?

— Quand rentrez-vous?

Matt regretta aussitôt sa question. Il avait l'air d'être son père!

— Ne vous inquiétez pas, je la ramènerai vers 23 heures, répondit Jason avec une pointe d'ironie. A moins bien sûr que nous ne tombions en panne d'essence...

Bien envoyé, admit Matt. Maintenant, il passait vraiment pour un imbécile!

— Vous êtes prête à célébrer la bonne nouvelle? ajouta Jason en ouvrant la porte pour Kay.

— Célébrer? Quoi donc? demanda Matt, incapable de se retenir.

— Le vieux Breckenridge lui a offert un emploi, répondit Jason. Elle ne vous l'avait pas dit?

Matt eut la nausée. Non, Kay ne lui avait rien dit.

— Je n'en ai pas eu le temps, répondit celle-ci. Je...

Sans lui laisser ajouter un mot, Jason la reprit par le bras et la poussa dehors. Et avant de refermer derrière lui, il fit un clin d'œil ignoble à Matt.

— Ne nous attendez pas!

Celui-ci étouffa sa frustration et les observa à travers les rideaux. La jalousie lui serrait la gorge. Kay avait décroché un emploi stable et elle fêtait la bonne nouvelle avec ce...

Une idée encore plus horrible lui traversa l'esprit. Et si le pire se produisait? Si elle rentrait très tard, un peu décoiffée, avec une expression d'extase sur le visage?

Et si elle ne rentrait pas du tout?

Il la regarda monter dans la Mercedes de Jason et disparaître dans la nuit. Et probablement de sa vie.

Il tira les rideaux d'un geste rageur. Que pouvait-elle bien trouver à un homme comme Jason? D'un autre côté, entre un avocat qui portait des chaussures anglaises et un vétérinaire fauché, pourquoi aurait-elle hésité?

124

De plus, Jason était exactement le genre d'homme qui plaisait aux mères...

Pendant les trois heures suivantes, Matt guetta les moindres bruits venant de la rue et se précipita vers la fenêtre chaque fois qu'il en entendait un... pour découvrir qu'il s'agissait d'un voisin rentrant chez lui, d'un chat fouillant dans une poubelle. Il commençait à craindre sérieusement que Kay ne rentre pas du tout lorsqu'il entendit un crissement de pneus devant le porche. Il s'agissait cette fois de la Mercedes de Jason!

Il traversa le salon au pas de course, descendit l'escalier quatre à quatre et s'arrêta devant la porte d'entrée pour regarder derrière le rideau.

Jason sortait de sa voiture. Il en fit le tour pour ouvrir la portière de Kay, et prit sa main pour l'aider à descendre. Il lui murmura alors quelque chose qui la fit rire, et Matt sentit son cœur s'alourdir dans sa poitrine.

Ils marchèrent alors vers le porche, et Matt se reprocha de ne pas avoir laissé la lampe extérieure allumée. Certaines choses se faisaient dans l'obscurité et pas en pleine lumière... Mais il ne pouvait plus allumer maintenant, sous peine d'être surpris en flagrant délit d'espionnage!

Ils gravirent les marches du porche et Jason ne perdit pas une seconde. Il passa le bras autour de la taille de la jeune femme et l'attira contre lui. Celle-ci ne fit rien pour lui faciliter la tâche, et rien non plus pour l'arrêter! Au moment où il allait l'embrasser, Matt, incapable de se contrôler, alluma la lampe, ouvrit la porte et jeta un regard de défi à Jason.

— Qu'est-ce que vous faites? lui demanda-t-il.

La jeune femme le contemplait avec stupeur, et Jason le regarda en fronçant les yeux.

— Puisque vous posez la question, rétorqua celui-ci, j'allais embrasser Kay pour lui souhaiter une bonne nuit.

— N'y pensez même pas!

D'un geste, Matt attrapa Kay par le bras, l'arracha à l'étreinte de Jason et l'attira à l'intérieur de la maison.

— Désolé, mon vieux, mais la soirée est finie! cria-t-il à Jason.

Sur ces mots, il claqua la porte et éteignit la lumière extérieure.

Jason frappa et essaya en vain d'ouvrir la porte.

— Eh! Ouvrez, voyons!

— Matt! s'exclama Kay, interloquée. Quelle mouche vous a donc piqué?

Ignorant ses protestations, Matt posa les mains sur le cou de la jeune femme, qu'il caressa doucement. Elle recula d'un pas, les yeux écarquillés, mais il ne la lâcha pas. Le désir qu'il tentait de maîtriser depuis des semaines bouillonnait en lui comme un volcan sur le point d'exploser, et il ne pouvait plus reculer. Que Robert Hollinger aille au diable! Il avait envie de Kay, et il avait envie d'elle *maintenant!*

— Vous vouliez un baiser? murmura-t-il.

La jeune femme l'examina une seconde, les yeux toujours ronds de surprise.

— Oui, répondit-elle enfin.

— De lui ou de moi?

— De vous! chuchota-t-elle. Depuis toujours!

12.

A peine Kay avait-elle prononcé ces mots que la bouche de Matt se posait sur la sienne dans un baiser si brûlant de passion qu'il la fit fondre sans la moindre résistance. Après l'avoir désirée pendant des semaines, voilà qu'il la serrait enfin entre ses bras et qu'il l'embrassait avec une ardeur folle !

La jeune femme s'agrippa à lui pour ne pas perdre l'équilibre alors que son univers basculait, que le sol se dérobait sous ses pieds et qu'un immense bonheur lui inondait le cœur.

Jason cogna de nouveau contre la porte, les faisant sursauter tous les deux.

— Hé, là-dedans ! cria-t-il. Je ne partirai pas avant que Kay m'en ait donné l'ordre !

La jeune femme s'écarta de Matt, se retint à la poignée pour ne pas chanceler et ouvrit lentement. Jason se tenait de l'autre côté avec la mine furieuse d'un taureau prêt à charger.

— Merci pour ce dîner, lui dit-elle. Et bonne nuit.

Alors qu'il la regardait d'un air interdit, elle lui fit un signe d'adieu et ferma la porte avant de tourner le verrou.

Matt l'attira sans attendre dans ses bras et l'embrassa de nouveau à en perdre haleine. Kay était si grisée par ces baisers qu'elle n'entendit pas Jason descendre les marches du porche, remonter dans sa Mercedes et démarrer.

Elle ne remarqua pas non plus qu'ils montèrent l'escalier, mais s'aperçut une fois en haut que Matt avait déjà descendu la fermeture Eclair de sa robe.

— C'est mieux ainsi, lui murmura-t-il. J'ai failli mourir tout à l'heure en la fermant !

L'esprit de Kay se remit à fonctionner un instant. Ainsi il ne voulait pas la voir sortir avec Jason ! Pourquoi alors ne lui avait-il pas dit ce qu'il éprouvait à son égard plus tôt ? Les occasions n'avaient pourtant pas manqué !

— Matt, attends ! lui dit-elle en posant les mains sur son torse. Je dois savoir...

— Quoi donc ?

— Pourquoi ?

Il la contempla un moment sans répondre, comme s'il ne comprenait pas le sens de sa question, puis son expression changea sans qu'il sorte cependant de son mutisme.

— Cela fait si longtemps que j'ai envie de cela ! reprit-elle. Si longtemps... Mais je croyais que tu ne voulais pas de moi.

— Je te voulais, Kay, bien plus que tu ne peux le penser.

— Mais pourtant...

— Je sais, l'interrompit-il. N'y pensons plus. Quoi qu'il arrive, je n'ai envie de rien d'autre que d'être là avec toi. Tant pis pour le reste.

Kay faillit lui demander de quel « reste » il parlait, mais quand il l'attira pour lui donner un nouveau baiser, son cerveau se liquéfia et elle oublia tout. Peu importait le pourquoi et le comment, il serait toujours temps d'y réfléchir plus tard !

Les mains de Matt glissèrent sur ses épaules et il lui ôta sa robe, qui tomba à ses pieds avec un bruissement. Elle tira alors le T-shirt de Matt hors de son jean, et un instant plus tard, se blottit contre son torse nu.

— Allons dans ta chambre..., lui murmura-t-il entre deux baisers.

Ces simples mots la plongèrent dans une ivresse inconnue. Elle rêvait depuis si longtemps de cette scène, et soudain son rêve se réalisait ! Ils traversèrent le palier et entrèrent dans sa chambre baignée dans la lumière pâle de la lune. Le reste de leurs vêtements parut fondre entre eux, et sans trop savoir comment, ils se retrouvèrent étendus, nus dans les bras l'un de l'autre.

Le désir qui les tenaillait depuis des mois explosa alors dans une apothéose de volupté. Ils furent emportés dans des flots tumultueux, loin, très loin du monde, et de cette chambre...

Lorsqu'ils redescendirent sur terre, Kay se blottit doucement contre Matt. Une froide pénombre régnait dans sa chambre, et aucun endroit au monde ne lui semblait plus confortable que l'abri chaud et rassurant de ses bras.

— Tu ne sortiras plus avec ce type, n'est-ce pas ? lui demanda-t-il à mi-voix.

— Non, je n'en ai pas du tout envie.

— Mais si tu ne l'aimes pas, pourquoi es-tu sortie avec lui ?

— Parce que je ne supportais pas l'idée de passer encore une soirée à côté de toi sur le canapé, à rêver de te toucher sans pouvoir le faire.

Matt soupira doucement et la serra davantage contre lui.

— Cela n'arrivera plus, dit-il. Je ne veux plus passer cinq minutes sans que tu me touches !

Et pour souligner sa déclaration, il l'embrassa tendrement sur la bouche. Kay ferma les paupières en se promettant de tout faire pour lui obéir. Même avant que Matt l'embrasse, elle savait qu'elle était amoureuse de lui. Et maintenant qu'ils étaient l'un près de l'autre, épuisés et repus d'amour, une nouvelle idée lui traversa l'esprit, comme une luciole dans la nuit.

Il l'aimait, lui aussi !

Un peu avant 7 heures du matin, un rayon de soleil se glissa entre les rideaux de la chambre de Kay et réveilla Matt. La jeune femme se tenait contre lui, le dos contre son torse. Il se redressa sur un coude et l'observa en silence. Il aurait pu rester une éternité ainsi, à l'admirer sans bouger. Il avait longtemps rêvé de cette nuit, mais la réalité dépassait ses fantasmes les plus torrides !

Quand il pensa aux petites ruses qu'il allait devoir utiliser pour empêcher Kay d'apprendre le marché qu'il avait conclu avec Hollinger, la culpabilité le tiraille. Il aurait aimé la réveiller et lui avouer toute la vérité, mais la vérité la ferait fuir à tout jamais, et il ne supportait pas l'idée de la perdre.

Il n'avait pas le choix. Il devait assister à la cérémonie de remise sans elle. Il lui aurait volontiers demandé de l'accompagner, mais sachant que Hollinger serait présent, cela aurait été jouer avec le feu!

Il allait l'embrasser pour la réveiller en douceur quand il entendit un crissement de freins devant la maison. Si tôt? Cela devait être une urgence...

Se glissant hors du lit, il jeta un œil par la fenêtre. Une vague d'appréhension le frappa au creux de l'estomac. Une voiture de sport blanche venait de s'arrêter devant sa maison, et Robert Hollinger en descendait!

Matt enfila un jean et un T-shirt à toute vitesse en priant le ciel pour que Kay reste endormie. Au même moment, Robert frappa lourdement à la porte d'entrée. Matt se précipita pour répondre.

— Robert? dit-il en ouvrant. Qu'est-ce qui vous amène si tôt?

— J'étais dans le quartier...

Matt n'aimait pas ça du tout. Hollinger croisa les bras sur sa poitrine et le regarda droit dans les yeux d'un air mauvais.

— Vous ne devinerez jamais qui j'ai croisé hier soir à mon club, reprit-il.

— Qui?

— Jason Bradley. Cela vous dit quelque chose?

Matt faillit s'étrangler.

— Eh oui. Il y était pour noyer son chagrin. Apparemment, il avait passé une soirée agréable avec une jeune femme ravissante, et au moment où il allait passer aux choses sérieuses, il s'est fait prendre de vitesse par un vétérinaire. Nous avons eu une conversation tout à fait passionnante...

Lentement, le visage de Robert se décomposa pour laisser apparaître un masque de colère noire.

— Depuis combien de temps Kay habite-t-elle ici? reprit-il.

Matt le contempla un instant pendant que son cerveau fonctionnait à plein régime. Que devait-il répondre?

— Kay n'avait plus un sou et cherchait un logement, c'est aussi simple que ça, dit-il avec détachement.

— Comme c'est charitable à vous de lui avoir ouvert votre porte. Maintenant, ajouta-t-il d'un air mauvais, dites-moi depuis combien de temps vous couchez avec elle.

— C'est moi qui vais répondre à cette question, si tu n'y vois pas d'inconvénient...

Matt se tourna et découvrit Kay dans son dos, vêtue d'une de ses chemises !

Sans lui laisser le temps de réagir, elle lui adressa un sourire sensuel et se blottit contre lui avant de l'embrasser sur la bouche ! Si Hollinger avait encore un doute quant à leurs relations, cela réglait la question...

— Juste une nuit, dit-elle en se tournant vers son ex-fiancé. Et cela a été merveilleux ! Matt, peux-tu expliquer à ce débile que ta vie privée ne le concerne pas ?

— Je regrette de te contredire, ma chère Kay, rétorqua Robert, pâle de fureur, mais cela me concerne tout à fait ! Et j'ai vingt-cinq mille dollars qui le prouvent !

Matt ferma les paupières en priant le ciel pour qu'un tremblement de terre, une tornade, une explosion atomique se produise... n'importe quoi pour que Kay n'interroge pas Hollinger sur ce qu'il venait de dire ! Mais quand elle se tourna vers lui avec un regard plein de curiosité, il sut que le pire était en train d'arriver.

— Vingt-cinq mille dollars ? répéta-t-elle.

— Oh, peut-être que Forrester ne t'avait rien dit ? déclara Robert d'un air faussement désolé. Il ne t'a pas parlé de la véritable raison qui l'a poussé à t'accepter au refuge ?

— La véritable raison ? répéta-t-elle. De quoi parles-tu ?

— Le Dr Forrester est candidat à la bourse Dorland.

— Oui, je sais. Et alors ?

— Sais-tu aussi qu'il est certain de l'obtenir ?

Kay tourna un regard surpris vers Matt.

— Forrester et moi avons conclu un marché quand tu es arrivée au refuge, poursuivit Robert. Je lui ai dit qu'en temps que membre du jury, je pouvais lui garantir qu'il aurait l'argent s'il me rendait une petite faveur.

Hollinger se tut, savourant par avance la bombe qu'il allait lâcher.

— Il n'avait qu'une chose à faire, reprit-il. Te rendre la vie infernale pendant cent heures.

Kay le contempla avec la mine de quelqu'un qui vient de

recevoir une cheminée sur la tête, puis elle tourna les yeux vers Matt.

— Il t'a corrompu pour obtenir sa vengeance? Pour me rendre la vie impossible?

— Essaye de comprendre, bredouilla Matt. Je ne te connaissais même pas à l'époque. Je ne...

— Mais maintenant, tu sais! Pourquoi ne m'avoir rien dit, alors?

Matt resta muet. Il aurait tout donné pour qu'elle rentre et le laisse s'occuper de Robert. Il lui aurait expliqué ensuite... Mais Kay ne bougeait pas.

— N'accepte pas cet argent, lui murmura-t-elle d'un air implorant. Envoie-le promener, lui et sa bourse!

Matt sentit son cœur se déchirer. Les deux choses les plus importantes de sa vie étaient dans la balance! Il devait en choisir une et perdre l'autre à tout jamais! Et son cerveau qui refusait de fonctionner normalement, de trouver une solution pour ménager la chèvre et le chou...

— Matt? insista Kay.

Il ouvrit la bouche mais rien n'en sortit. Il ne savait que dire pour garder en vie les trente animaux du refuge et ne pas fâcher Kay. Il ne savait que dire pour faire disparaître ce salaud de Hollinger! Aussi resta-t-il silencieux.

Kay attendit en vain, puis tourna les talons et se dirigea vers l'escalier. Matt l'attrapa par le bras.

— Attends!

— Ne me touche pas, rétorqua-t-elle en se dégageant d'un geste sec.

— Oh oh! fit Robert, aux anges. On dirait qu'il y a de l'eau dans le gaz, les amoureux!

— Si tu acceptes de te laisser manipuler par un type comme lui, Matt, tant pis pour toi, déclara Kay. Mais je ne veux pas cautionner vos combines infâmes!

Matt se fâcha brusquement. Ne comprenait-elle donc pas dans quelle situation il se trouvait?

— Ecoute, Kay, j'ai déjà une trentaine d'animaux sous ma responsabilité, et la banque m'a envoyé un courrier hier. Si je ne paye pas mes mensualités en retard, le refuge sera fermé.

— Alors accepte cette bourse, Matt, rétorqua-t-elle. Mais

comment feras-tu la prochaine fois que tu auras besoin d'argent ? A quel jeu te plieras-tu ?

Elle se détourna de lui et il la rattrapa de nouveau par le bras. Mais Kay refusa de le regarder. Elle semblait ne plus voir en lui que celui qui avait prêté main forte à l'homme qu'elle méprisait le plus au monde.

— Je ne veux pas te perdre, lui murmura-t-il.

— Je crois que c'est déjà fait...

D'un geste las, elle dégagea son bras et monta l'escalier. Matt sentit son cœur se figer dans sa poitrine.

— Je ne comprends pas, déclara Hollinger avec une mimique ingénue. Kay avait l'air contrarié. L'avez-vous remarqué vous aussi ? Enfin, peu importe. Nous nous revoyons à la cérémonie de remise de la bourse, n'est-ce pas ?

Matt se tourna lentement pour lui faire face.

— Vous êtes un salaud, Hollinger.

— En effet, rétorqua ce dernier en riant, certaines personnes le pensent.

— Je veux que vous signiez ce contrat pour libérer Kay. Il ne lui reste que quelques heures à effectuer au refuge, et je ne veux pas que vous lui extorquiez trois mille dollars si elle ne les accomplit pas.

— Je me fiche bien de ces heures, rétorqua Robert. Après tout, j'ai obtenu ce que je voulais ! On se voit samedi pour la cérémonie, Forrester. A 19 heures, et ne soyez pas en retard.

Hollinger tourna les talons et se dirigea vers sa voiture. Matt resta immobile devant la porte à se demander qui il détestait le plus. Cet avocat ignoble qui lui avait arraché Kay, ou lui-même, qui l'avait laissé faire ?

13.

Trois soirs plus tard, Kay était allongée dans une chaise longue, sur la terrasse de Claire, et regardait les lumières de la ville clignoter dans la nuit. Elle avait trouvé un appartement sans grand charme le lendemain de son départ de chez Matt, et il lui restait une semaine à attendre pour pouvoir s'y installer. Il lui aurait été possible de chercher un logement plus charmant, mais cela l'aurait obligée à rester plus longtemps chez sa sœur et c'était hors de question.

La porte de la terrasse s'ouvrit et Claire la rejoignit.

— Kay, il faut vraiment que tu fasses quelque chose avec ce chat ! Il m'a craché dessus !

— Mais Clyde est dans une cage, répondit Kay en cachant un sourire.

— Oui, et hier soir, il a passé la patte à travers les barreaux et m'a presque arraché le bras ! Quant à la manière dont il me regarde parfois, j'ai presque l'impression que c'est un monstre !

— Tu n'as pas peur de Clyde, n'est-ce pas ?

— Si, justement, j'ai peur de lui !

Kay leva les yeux au ciel dans une imitation parfaite de sa sœur.

— Quand te décideras-tu à grandir ? Tu es une adulte maintenant.

Claire fit une grimace de dégoût, visiblement beaucoup moins amusée par la situation que Kay.

— Je ne te comprends pas, reprit-elle. Il y a encore quelques mois tu ne supportais pas même la vue d'un animal, et maintenant tu invites un chat à vivre avec toi. Dans *mon* appartement !

— Le mien sera prêt lundi prochain.

— Non, ce monstre doit partir ! Comme je te l'ai dit quand tu es arrivée avec ce fauve, les animaux domestiques sont interdits dans l'immeuble. Légalement, mon propriétaire a tout à fait le droit de...

— Claire !

Claire s'interrompit brusquement, les yeux écarquillés devant l'autorité de sa petite sœur.

— Pourrais-tu m'accorder une faveur ? reprit cette dernière. Pour une fois, oublie ce langage d'avocate et assieds-toi !

Claire en resta médusée, puis s'installa sur la chaise que Kay lui indiquait sans protester. C'était la première fois que Kay réussissait à la réduire au silence et surtout à s'en faire obéir, et cela lui procura une intense satisfaction.

— Au risque de parler encore comme une avocate, déclara Claire, j'ai reçu un courrier signé de Robert ce matin au cabinet. Tu es une femme libre.

Kay éprouva un profond soulagement en apprenant que tout était vraiment terminé et que rien ne l'obligeait à retourner au refuge. Elle savait qu'il lui suffirait d'accorder une chance à Matt pour qu'il lui fasse oublier ce qu'il avait fait. Mais la jeune femme ne voulait pas oublier. Il l'avait trahie, il avait trahi la confiance qu'elle avait mise en lui, et rien ne pourrait effacer cette tache. Jamais !

Kay sentit les yeux de Claire peser sur elle et l'ignora en regardant dans le vide pour éviter de pleurer.

— Je ne comprends pas, déclara Claire. Tu n'étais pas si bouleversée quand tu as perdu Robert, et pourtant vous étiez fiancés.

— C'est Robert qui m'a perdue, Claire. Il serait temps que tu admettes que c'est moi qui ai rompu !

Claire ouvrit la bouche pour répondre, puis la referma sans dire un mot. Les deux sœurs restèrent un moment à observer les lumières de la ville.

— Je suppose que tu aimais vraiment ce vétérinaire, n'est-ce pas ?

Le ton sarcastique de Claire avait laissé la place à une grande gentillesse, ce qui prit Kay totalement au dépourvu.

— Je suis amoureuse de lui, avoua-t-elle.

— Je suis désolée, répondit Claire en soupirant. J'aurais été heureuse que cela marche entre vous.

Cette compassion, inhabituelle chez sa sœur, ne fit qu'accentuer la tristesse de Kay. Elle se mit à rêver de Frisbee, de vieux films, de plats ratés et de l'homme qu'elle avait aimé. Qu'elle aimait encore. Qu'elle allait devoir apprendre à oublier...

— Je suppose que le chat peut rester, reprit Claire, mais dans ta chambre ! Si jamais je le vois ailleurs dans l'appartement, je le donne en pâture au rottweiler du bas de la rue. Compris ?

Kay songea que le pauvre chien courait un plus grand danger que Clyde et fit un petit sourire.

— Entendu. Merci.

Claire rentra et Kay resta dehors à observer la ville. Quand pourrait-elle regarder un chien, un chat, ou même une boîte de macaronis au fromage sans penser à Matt ? Dans longtemps, sûrement.

Et peut-être même jamais...

Quelques jours plus tard, M. Breckenridge vint la voir un matin dans son bureau.

— Je viens d'apprendre une bonne nouvelle, mademoiselle Ramsey, lui annonça-t-il.

— Laquelle ?

— On vient de m'annoncer que le comité de sélection de la fondation Dorland avait attribué au refuge Westwood la bourse de cette année. Puisque vous y travaillez comme bénévole, j'ai pensé que vous seriez intéressée de l'apprendre.

Kay eut l'impression qu'on venait de lui rouvrir une plaie à peine cicatrisée.

— Oui, dit-elle avec un sourire forcé. C'est merveilleux.

— Le banquet de la cérémonie de remise a lieu samedi soir. Je me demandais si vous aimeriez y assister avec moi. Puisque vous êtes une bénévole du refuge, je ne vois personne de mieux placé que vous pour m'accompagner.

Kay aurait voulu lui expliquer qu'elle ne travaillait plus au refuge, mais cela aurait paru bizarre quand elle se montrait si enthousiaste à ce sujet encore une semaine plus tôt. Et il aurait alors fallu expliquer pourquoi elle était partie et...

Non, il valait mieux dire à M. Breckenridge que sa soirée était déjà prise : cela couperait court à tout. Mais avant qu'elle ait pu prononcer un mot, il s'assit de l'autre côté de sa table et baissa la voix.

— En fait, mademoiselle Ramsey, vous me rendriez un grand service en m'accompagnant.

— Un service ? répéta-t-elle, surprise.

— Oui. Vous comprenez, en tant que président de la fondation Dorland, je suis obligé d'assister à l'événement, mais je dois avouer que cela ne m'enchante guère. Comme vous le savez, mon épouse est décédée il y a plusieurs mois, et je ne suis plus sorti depuis. Nous avons été mariés pendant quarante ans, aussi cela me paraît bizarre...

Il s'interrompit un instant, l'air ailleurs et les yeux humides, puis il s'éclaircit la gorge.

— Je pensais que peut-être vous seriez d'accord pour me tenir compagnie, conclut-il.

Non, je ne peux pas ! C'est impossible !

Mais alors que le cerveau de Kay émettait de furieuses protestations, la jeune femme eut soudain mauvaise conscience. Quel effet cela faisait-il de se retrouver seul au bout de quarante ans de mariage ?

— Je n'ai pas envie d'endurer les condoléances de mes connaissances, avoua-t-il avec un sourire triste. Les gens se croient toujours obligés de me rappeler mon deuil... Mais si j'ai une jolie jeune femme à mon côté, ils se répandront en commérages plutôt qu'en consolations.

Kay ne pouvait pas imaginer qu'on médise d'un homme aussi respectable que M. Breckenridge !

— Cela ne vous dérangerait pas d'être la cible des ragots ? lui demanda-t-elle.

— A mon âge, mademoiselle Ramsey, je considérerais cela comme un compliment !

— Alors d'accord. Je serai heureuse de vous accompagner.

— Parfait. La cérémonie se déroule à l'hôtel Fairmont. Cocktail à 18 h 30, remise de la bourse à 19 heures. Robe élégante, mais courte si possible. Et avant de la choisir, ajouta-t-il en se relevant, n'oubliez pas que je suis cardiaque !

Il lui adressa un dernier sourire et retourna dans son bureau. Kay était heureuse de pouvoir lui rendre service, surtout après ce qu'il avait fait pour elle. Mais la perspective de revoir Matt l'enthousiasmait beaucoup moins...

Samedi, à 16 h 30, Matt était devant le miroir des toilettes pour hommes de l'hôtel Fairmont et essayait de nouer correctement sa cravate. Le nœud partait toujours de travers, quoi qu'il fasse ! Il fallait être fou pour porter un truc pareil.

Il tripota nerveusement sa cravate pendant encore cinq minutes avant de déclarer forfait. Le vrai problème, ce n'était pas ça, c'était l'endroit où il se trouvait ! Matt releva lentement la tête pour s'examiner dans le miroir, et il n'aima pas particulièrement l'homme qu'il découvrit en face de lui. En fait, il se détestait pour ce qu'il avait fait à Kay. Jamais elle ne lui pardonnerait. Certaines humiliations étaient trop profondes pour pouvoir être oubliées, et celle qu'il lui avait infligée en faisait partie. Kay l'avait quitté et ne reviendrait plus jamais.

Il ne pouvait oublier le regard meurtri qu'elle avait en quittant sa maison la dernière fois, ni le regret qui avait passé sur le visage de Hazel lorsqu'il lui avait annoncé que Kay ne reviendrait plus. Ni la tête de Buddy, son Frisbee entre les dents, lorsqu'il avait cherché en vain sa partenaire de jeu préférée. Dès l'instant de son départ, la maison était retombée dans un silence froid. Sans Kay pour lui donner vie, la demeure n'était qu'une coquille vide.

Au moins Matt pouvait-il désormais sauver le refuge. il ne pouvait tout de même pas abandonner ce rêve d'enfant ! C'est alors qu'il se remémora d'autres rêves, des rêves d'adultes. Une épouse, des enfants, une famille...

Non !

Il repoussa fermement ces pensées. Il avait pris sa décision et rien ne pourrait plus le faire changer d'avis. Matt jeta un œil à sa montre. Dans quelques minutes, il allait gagner vingt cinq mille dollars et perdre son honneur. Et le seul aspect positif qu'il pût trouver à sa situation, c'est que Kay ne serait pas là pour le voir.

Quand Kay pénétra dans la salle de bal de l'hôtel, la foule la surprit. Il y avait au moins deux cents personnes en costumes sombres et en robes de cocktail qui se pressaient autour de grandes tables couvertes de nappes blanches. Au fond se dressait un petit podium. A son grand soulagement, on ne voyait Matt nulle part.

Elle avait déjà décidé d'éviter son regard s'ils se croisaient. Et d'agir comme s'il était un inconnu quand il recevrait la bourse. Un inconnu qui s'occupait d'un refuge pour animaux errants. Un inconnu qui n'avait pas passé un marché ignoble avec son ex-fiancé dans son dos. Un inconnu qui ne lui avait pas brisé le cœur.

M. Breckenridge la guida à travers la foule, la présentant comme une amie, ce qui lui fit infiniment plaisir. Au moins pour lui, la jeune femme était contente d'être venue. En bavardant avec les personnes qu'il lui présentait, elle se rendit compte que tout le monde jugeait que la bourse était attribuée à très bon escient cette année. Soit on avait lu soigneusement le dossier de Matt, soit Robert avait fait un formidable travail de persuasion...

— Kay ! Quelle surprise !

Elle se retourna et découvrit Robert qui la contemplait avec un grand sourire narquois. Une vague de colère la fit aussitôt frémir.

— Qu'est-ce qui t'amène ici ce soir ? ajouta-t-il en se faufilant près d'elle.

— Moi, monsieur Hollinger, déclara M. Breckenridge. Y voyez-vous une objection ?

— Mais pas du tout, bien au contraire, rétorqua Robert. Kay a travaillé bénévolement au refuge, et il est bien normal qu'elle veuille voir le Dr Forrester recevoir la bourse de la fondation. N'est-ce pas, Kay ?

La jeune femme se contenta de le regarder dans un silence méprisant, sans lui sauter à la gorge pour l'étrangler. Exactement comme l'aurait fait Sheila...

— J'aimerais rencontrer notre invité d'honneur, déclara M. Breckenridge. Est-il là ?

— Je ne l'ai pas encore aperçu, répondit Robert. Ah, si ! Le voilà, justement !

Kay tourna les yeux dans la même direction que lui et découvrit Matt devant la porte de la salle de bal, vêtu d'un costume sombre, d'une chemise blanche et d'une cravate de soie toute chiffonnée. Jamais il n'avait été si beau, et une vague de chaleur la traversa douloureusement. Comment avait-elle pu se croire capable de le revoir sans que le souvenir de sa trahison ne la déchire de nouveau ?

— Il y a une table pour vous et Kay près du podium, déclara Robert à M. Breckenridge. Allez vous y installer et je vous amène le Dr Forrester.

Le cœur battant à tout rompre, la jeune femme se laissa escorter par son patron jusqu'à sa place en regrettant de ne pouvoir partir sur-le-champ. Robert les rejoignit une minute plus tard, accompagné de Matt. Celui-ci semblait visiblement aussi ébranlé qu'elle par cette rencontre, et il tourna un œil accusateur vers Hollinger.

— Ne me remerciez pas, s'exclama celui-ci avec enthousiasme. Je n'y suis pour rien. C'est M. Breckenridge qui a eu la bonne idée de venir avec Kay. Vous devez être content qu'une de vos bénévoles soit présente, n'est-ce pas ?

M. Breckenridge tendit la main à Matt avec un sourire courtois.

— Bonsoir, docteur Forrester. Je suis Albert Breckenridge, le président de la fondation Dorland. Je suis ravi que votre refuge reçoive cette bourse. Mlle Ramsey m'a souvent parlé dans les termes les plus élogieux de votre action en faveur des animaux perdus.

— Euh... Merci, c'est gentil à vous, déclara Matt en lui serrant la main.

— Eh bien, docteur Forrester, reprit Robert après un coup d'œil à sa montre. Je crois que l'heure est arrivée de nous adresser au public. M. Breckenridge va prononcer quelques mots pour ouvrir la soirée, et ensuite je vous présenterai à nos invités.

M. Breckenridge lui fit signe de s'asseoir près de Kay, puis il se dirigea vers le podium. Matt regarda la table, sa montre, les lustres, évitant visiblement de la regarder. Robert avait pris place en face de Kay, et il suivait avec un sourire de mépris le petit discours de M. Breckenridge qui présentait la fondation Dorland et son action philanthropique. Kay croyait le détester au dernier degré, mais ce soir, il lui inspirait une haine qu'elle ne croyait humainement pas possible !

Finalement, M. Breckenridge présenta Robert à la foule. Celui-ci se leva de sa chaise et marcha jusqu'au podium pendant que M. Breckenridge regagnait sa place. Tandis que Hollinger présentait au public le gagnant de la bourse de l'année, l'attention de Matt restait fixée sur l'estrade, comme si Kay n'avait pas existé. Mais celle-ci remarqua ses doigts qui pianotaient nerveusement sur la table.

— Et maintenant, j'aimerais vous présenter l'homme qui se cache derrière le refuge Westwood, un homme qui, vous serez tous d'accord, mérite largement la bourse Dorland pour son courage, sa dévotion et sa générosité. Mesdames et messieurs, le Dr Forrester.

Les applaudissements éclatèrent, mais au lieu de se lever, Matt se tourna brusquement vers Kay et la regarda droit dans les yeux. Un peu surprise par cette soudain attention, la jeune femme fixa ses grands yeux sombres qui l'avaient hypnotisée dès leur première rencontre. Et instinctivement, elle devina qu'ils pensaient tous deux la même chose.

Il pensait à la vie merveilleuse qu'ils avaient menée pendant une trop courte période. Aux moments fantastiques qu'ils avaient partagés. Il pensait également, tout comme elle, qu'il s'agissait d'un bien trop précieux pour être jeté ainsi aux orties...

Il toucha alors sa main, et pendant une seconde, Kay eut l'impression qu'il allait changer d'avis. Il se demandait s'il devait vraiment prendre cet argent. Il allait se pencher vers elle, la prendre dans ses bras et...

— Non, dit-il brusquement. Je ne peux pas faire ça !

Et sur ces mots, il retira sa main, se leva et marcha vers le podium.

142

14.

« Je ne peux pas faire ça ! »

Alors que les mots de Matt résonnaient dans l'esprit de Kay, ses yeux se remplirent de larmes brûlantes. Comment avait-elle pu imaginer qu'il changerait d'avis ? Il était venu ici dans un seul but. N'avait-elle pas encore compris ce qui comptait le plus pour lui ? N'avait-elle pas encore compris que ce n'était pas elle ?

« Je ne peux pas faire ça ! »

Ce qu'il ne pouvait pas faire, c'était l'aimer davantage que son refuge.

Les applaudissements faiblirent et Matt se mit à parler dans le micro.

— Tout d'abord, dit-il, permettez-moi de vous dire combien je suis honoré d'avoir été choisi pour recevoir cette bourse. Votre fondation, durant son prestigieux passé, a aidé des organisations qui n'auraient pas pu survivre sans son aide.

Kay sentit son cœur saigner. Quelque chose mourait en elle, pendant que Matt gratifiait l'assemblée d'un beau discours.

— Je suis fier de ce que nous avons fait au refuge West-wood, poursuivit-il. Le refuge est désormais un asile pour les animaux perdus ou abandonnés, un asile où nous les soignons et où ils peuvent attendre de nouveaux maîtres. J'ai ouvert ce refuge à cause d'un vœu que j'ai fait durant mon enfance et qui est devenu une véritable idée fixe. Pendant ces deux dernières années, j'ai vécu uniquement pour sauver le refuge. Il est devenu le centre de ma vie, et je n'aurais reculé devant rien pour en garder les portes ouvertes...

Il s'arrêta un instant et un faible sourire passa sur ses lèvres.

— Jusqu'à aujourd'hui...

Ses yeux tombèrent sur Kay, qu'il contempla d'un regard ardent. La jeune femme le fixa sans comprendre. Que disait-il ?

— Je me suis finalement rendu compte que vivre pour le passé m'empêchait de saisir mes chances d'être heureux dans l'avenir. Vous voyez, j'ai trouvé quelque chose que j'aime davantage que le refuge. Et je dois remercier Robert Hollinger pour cela...

Pendant un instant, Kay ne parvint plus à suivre ce qu'il disait. Mais quand la lumière se fit dans son esprit, des larmes de joie lui montèrent aux yeux. Elle n'en croyait pas ses oreilles ! L'assemblée n'avait peut-être rien compris, mais Matt venait de dire qu'il l'aimait davantage que son refuge !

— Je sais que vous ne comprendrez pas mon geste, et je ne tenterai pas de vous l'expliquer, poursuivit-il. Votre offre était très généreuse, et si je vous en remercie du fond du cœur, je ne peux cependant pas l'accepter.

La jeune femme en eut le souffle coupé. Juste devant ses yeux, l'homme intègre qu'elle connaissait, l'homme sexy, merveilleux, qu'elle croyait avoir perdu à jamais, venait soudain de réapparaître !

« Je ne peux pas faire ça ! »

Il ne pouvait pas prendre l'argent de la fondation si cela signifiait la perdre ! Voilà ce qu'il avait voulu dire !

Le public commença à murmurer, et on entendait déjà quelques protestations quand Matt quitta le podium pour se diriger vers la table de Kay.

Robert avait suivi toute la scène, médusé. Kay devinait que son esprit mesquin n'avait jamais envisagé qu'on pourrait la préférer à vingt-cinq mille dollars ! Pour la première fois de sa vie, il en restait sans voix ! Sans s'arrêter, Matt la prit par la main et la força à se lever. Lui laissant à peine le temps de s'excuser auprès de M. Breckenridge, il l'entraîna hors de la salle de bal vers le hall de l'hôtel. Kay devait presque courir pour ne pas tomber !

Quand ils passèrent devant les cabines des téléphones, il la poussa doucement dans un renfoncement et l'embrassa sur la bouche. C'était un baiser ardent, fougueux et passionné qui la fit vaciller de bonheur. Les mots qu'il avait prononcés au micro résonnaient encore à ses oreilles, la comblant de joie et d'amour !

— Excuse-moi, Kay, dit-il en redressant la tête. Je n'aurais jamais dû passer ce marché avec Hollinger. J'ai eu tort. Terriblement tort.

— Matt...

— Non, laisse-moi finir, d'accord ? Je ne peux pas vivre sans toi. Je peux vivre sans le refuge, mais pas sans toi. Je t'aime, Kay, et je ne laisserai personne s'interposer entre nous désormais. Je te le promets.

Incrédule, Kay le contempla pendant que les larmes roulaient sur ses joues. Il l'aimait ! Il la voulait elle, et non l'argent ! Et il la voulait pour toujours !

— Je ne sais pas ce qui arrivera au refuge, reprit-il, mais cela n'a pas d'importance. Il n'y a que toi qui comptes. Tu m'as manqué. Tu as manqué à Hazel. Tu as manqué à Chester. Et Buddy...

— Je t'aime moi aussi, Matt.

Il lui adressa un de ses sourires ravageurs qui la faisaient toujours craquer, et déposa un doux baiser sur le bout de son nez.

— Je suis heureux de l'entendre ! Alors, peut-on rentrer à la maison, maintenant ?

— Pas si vite, Forrester !

Kay et Matt se retournèrent et virent Robert qui les observait avec des yeux étincelant de colère.

— Alors, pas de regrets ? reprit-il sur un ton méprisant. Cela ne m'étonne pas, au fond. Il n'y a qu'un idéaliste comme vous pour consacrer sa vie à sauver quelques animaux pelés dont personne ne veut. Cependant vous avez tort de repousser cet argent maintenant que vous avez accompli votre part du marché.

— Quel marché, monsieur Hollinger?

Robert pivota sur ses talons et se retrouva nez à nez avec M. Breckenridge qui l'observait avec un dégoût non dissimulé.

— Je ne vous ai jamais trouvé particulièrement sympathique, monsieur Hollinger. Je ne savais pas pourquoi jusqu'à ce que vous me mentiez à propos de Mlle Ramsey.

— Je n'ai pas menti! protesta Robert. C'est une secrétaire épouvantable!

— Impossible, elle est la meilleure secrétaire que j'aie jamais eue. J'ai l'intention d'éclaircir totalement toute cette affaire, mademoiselle Ramsey, ajouta-t-il, mais pour le moment, je voudrais juste savoir une chose. A votre connaissance, M. Hollinger a-t-il tenté d'utiliser les fonds de cette organisation à ses fins propres?

— Oui, monsieur. C'est exactement ce qu'il a fait, répondit Kay.

— Je vois.

— Vous la croyez sur parole? s'écria Robert, furieux.

— Evidemment! Nous avons déjà pu constater ce que valait la vôtre, rétorqua M. Breckenridge.

Robert en resta de nouveau sans voix. Deux fois dans la même soirée, cela devait être un record!

— Je vais conseiller au conseil d'administration de la fondation de chasser votre cabinet du bureau. Et soyez sûr que j'expliquerai à tous les membres la raison de ce renvoi.

— Mais il a accepté de prendre l'argent! protesta Robert en désignant Matt. Il est aussi coupable que moi!

— Ainsi vous avez vraiment essayé d'attribuer la bourse Dorland au Dr Forrester en échange d'un service personnel? demanda M. Breckenridge.

Hollinger resta un instant silencieux, visiblement stupéfait par la tournure que prenaient les événements.

— Non! dit-il enfin.

— Si! rétorqua Kay.

— Toi, tais-toi! s'exclama-t-il. Et vous, Forrester, n'oubliez pas que si je plonge, vous plongez aussi!

— Excusez-moi, intervint M. Breckenridge, mais je crois que le Dr Forrester vient justement de refuser cet argent. Vous, en revanche, aviez l'intention d'aller jusqu'au bout de ce marché. Nous reparlerons de tout cela, soyez-en sûr. Pour le moment, je pense qu'il serait dans votre intérêt de quitter la soirée.

Sortant de sa stupeur, Kay se rendit compte alors que la foule s'était assemblée derrière eux. Une foule de gens qui se demandaient pourquoi l'homme que Robert avait tant aidé à obtenir la bourse venait de la lui jeter à la figure. Quand Robert vit qu'il avait un public, il ravala sa colère et s'écarta d'un pas.

— Vous ne pouvez pas faire cela, Breckenridge.

— C'est ce que nous verrons, monsieur Hollinger !

Furieux, Robert tourna les talons et disparut dans le hall sous les regards curieux des membres de la fondation. Matt passa le bras autour des épaules de Kay, qui s'appuya contre lui avec un discret soupir de soulagement.

Son patron se tourna alors vers elle.

— Il y a encore une chose que je voulais vous demander avant que vous ne partiez, reprit-il. Vous m'avez dit que vous aviez plusieurs chiens qui pourraient me convenir au refuge. Serait-il possible que je passe les voir demain ?

— Bien sûr ! s'exclama-t-elle.

— Excellent. Alors je viendrai demain matin.

Après avoir pris congé, M. Breckenridge s'éloigna à son tour, les laissant seuls.

— Allons-y, murmura alors Matt à l'oreille de la jeune femme. Rentrons à la maison...

A la maison ! Kay lui jeta un regard radieux, et le suivit.

M. Breckenridge tint sa parole et se présenta au refuge le lendemain matin à 9 heures précises. Mais avant de rendre visite aux animaux, il tint à donner les dernières nouvelles à Kay et Matt.

— Après votre départ hier soir, leur expliqua-t-il, j'ai convoqué une réunion d'urgence du bureau directorial et du

147

comité de sélection. Après une petite enquête au sein du comité de sélection, il s'est avéré que le refuge avait moins de voix que le nombre nécessaire pour recevoir la bourse. Ce qui signifie qu'après avoir tenté d'influencer les membres, M. Hollinger a délibérément falsifié les résultats du vote. Lorsque la vérité a éclaté, il a été unanimement chassé de la fondation Dorland.

— Alors c'est une autre association qui va gagner la bourse? demanda Kay.

— Oui. Et cette association recevra vingt-cinq mille dollars. Tout comme le refuge Westwood, ajouta-t-il en sortant une enveloppe de sa poche.

Matt la contempla d'un air interloqué, sans savoir que répondre.

— Prenez cet argent, docteur Forrester, insista M. Breckenridge. Avec notre bénédiction.

— Je ne sais que vous dire...

— Vous n'avez pas besoin de dire quoi que ce soit. Votre discours et votre comportement hier soir ont été suffisamment éloquents, comme ceux de M. Hollinger. Il a eu ce qu'il méritait, et vous aussi !

Kay avait l'impression de flotter sur un nuage ! Ainsi, Matt allait pouvoir payer ses mensualités en retard, acheter une nouvelle climatisation, et peut-être même agrandir un peu le refuge pour accueillir plus d'animaux ! Le refuge allait survivre, et elle et Matt ne s'étaient pas perdus !

Ils escortèrent M. Breckenridge dans le chenil, où il examina soigneusement chacun des chiens. Son choix fut cependant difficile. L'un était trop gros, l'autre trop petit, un avait trop de poil, un autre était trop bruyant... Et il ne voulait pas d'un chiot : trop agité !

Qui aurait pu penser qu'un drôle de bouledogue à trois pattes lui plairait ?

Kay reniflait en remplissant les papiers d'adoption, avait les larmes aux yeux en tendant la laisse à M. Breckenridge et pleura carrément en disant adieu à Chester ! Matt, lui, ne cessait de sourire.

Une heure après son départ, M. Breckenridge téléphonait

pour dire que sa nièce avait exprimé le désir d'adopter un chien. Elle avait peur qu'un animal sain d'esprit ne devienne fou au milieu de ses quatre sauvages de garçons, et comme Rambo n'avait aucune raison à perdre et qu'il avait toutes les chances de se sentir à l'aise au milieu de sauvages, une nouvelle adoption fut conclue.

— Nous avons réussi à caser les plus difficiles, déclara Kay à Matt ce soir-là. Les autres ne présenteront aucun problème, surtout maintenant que Clyde vit avec nous.

— Que Dieu nous aide ! répondit Matt en haussant les sourcils.

— Qu'il t'aide *toi !* le corrigea-t-elle. Je m'entends très bien avec Clyde, moi !

— Tu n'as plus peur des animaux, n'est-ce pas ?

Cette question la surprit, mais pas longtemps. Matt n'ignorait plus grand-chose la concernant, en tout cas pour ce qui comptait vraiment. Ce qu'elle ne lui avait pas expliqué, il le comprenait de lui-même... Un sourire passa sur ses lèvres.

— Tu as raison, j'avais peur des animaux. Mais tu sais quoi ? Je crois que c'est fini, maintenant.

— J'en suis sûr. Tu aimes tous ceux du refuge, et ils t'adorent !

Kay se sentait si heureuse, si aimée, que cela lui serrait le cœur presque douloureusement. Elle avait enfin trouvé sa place ! Après des années, elle pouvait enfin se moquer de l'opinion de sa famille et du reste du monde. Tant qu'elle et Matt restaient ensemble, plus rien n'avait d'importance !

La porte de la chambre s'ouvrit en grinçant, et Buddy sauta sur le lit.

— Buddy ! cria Matt. Descends de là !

Le petit chien se mit à ramper sur le ventre, espérant sans doute que s'il avançait lentement, ses maîtres ne le remarqueraient pas. Il vint enfouir sa truffe dans la main de Kay, sa queue battant le couvre-lit.

— Ce chien est trop gâté, déclara-t-elle en le caressant.

— Non, il essaye juste de gagner tes bonnes grâces. Au fond, il a peur que tu ne décides soudain de le faire tondre intégralement !

Kay attrapa son oreiller et le jeta à la tête de Matt, qui éclata de rire et lui rendit la pareille. Ils roulèrent tous deux dans le lit et finirent dans les bras l'un de l'autre, à s'embrasser fougueusement.

— Je voudrais que cela dure toujours ! murmura Matt.

L'homme qu'elle aimait lui offrait l'éternité ! Que pouvait-elle demander de mieux ?

Alors qu'ils s'endormaient l'un contre l'autre, la dernière pensée de Kay fut que la vie était vraiment étrange.

Qui aurait pu deviner, en la voyant arriver au refuge Westwood pour effectuer ses cent heures de travail forcé, qu'elle n'en repartirait jamais ?

Le nouveau visage
de la collection Or

◆

AMOURS D'AUJOURD'HUI

Afin de mieux exprimer sa modernité et de vous séduire encore davantage, votre collection Or a changé de couverture et de nom depuis le 1er mars 1995.

Rassurez-vous, les romans, eux, ne changent pas, et vous pourrez retrouver dans la collection **Amours d'Aujourd'hui** tous vos auteurs préférés.

Comme chaque mois, en effet, vous y attendent des héros d'aujourd'hui, aux prises avec des passions fortes et des situations difficiles...

**COLLECTION
AMOURS D'AUJOURD'HUI :**
Quand l'amour guérit des blessures de la vie...

Chère lectrice,

Vous nous êtes fidèle depuis longtemps?
Vous venez de faire notre connaissance?

C'est pour votre plaisir que nous avons
imaginé un rendez-vous chaque mois
avec vos auteurs préférés, vos
AUTEURS VEDETTE dans les
collections Azur et Horizon.

Les AUTEURS VEDETTE vous
donneront rendez-vous pour de
nouveaux livres vedette.

Pour les reconnaître, cherchez
l'étoile... Elle vous guidera!

Éditions Harlequin

HARLEQUIN

LE FORUM DES LECTEURS ET LECTRICES

CHERS(ES) LECTEURS ET LECTRICES,

VOUS NOUS ETES FIDÈLES DEPUIS LONGTEMPS?

VOUS VENEZ DE FAIRE NOTRE CONNAISSANCE?

SI VOUS AVEZ DES COMMENTAIRES, DES CRITIQUES À
FORMULER, DES SUGGESTIONS À OFFRIR, N'HÉSITEZ
PAS… ÉCRIVEZ-NOUS À:

        LES ENTERPRISES HARLEQUIN LTÉE.
        498 RUE ODILE
        FABREVILLE, LAVAL, QUÉBEC.
        H7R 5X1

C'EST AVEC VOS PRÉCIEUX COMMENTAIRES QUE NOUS
ALLONS POUVOIR MIEUX VOUS SERVIR.

DE PLUS, SI VOUS DÉSIREZ RECEVOIR UNE OU
PLUSIEURS DE VOS SÉRIES HARLEQUIN PRÉFÉRÉE(S)
À VOTRE DOMICILE, NE TARDEZ PAS À CONTACTER LE
SERVICE D'ABONNEMENT; EN APPELANT AU
(514) 875-4444 (RÉGION DE MONTRÉAL) OU 1-800-667-4444
(EXTÉRIEUR DE MONTRÉAL) OU TÉLÉCOPIEUR
(514) 523-4444 OU COURRIER ELECTRONIQUE:
AQCOURRIER@ABONNEMENT.QC.CA OU EN ÉCRIVANT À:

        ABONNEMENT QUÉBEC
        525 RUE LOUIS-PASTEUR
        BOUCHERVILLE, QUÉBEC
        J4B 8E7

MERCI, À L'AVANCE, DE VOTRE COOPÉRATION.

BONNE LECTURE.

HARLEQUIN.

VOTRE PASSEPORT POUR LE MONDE DE L'AMOUR.

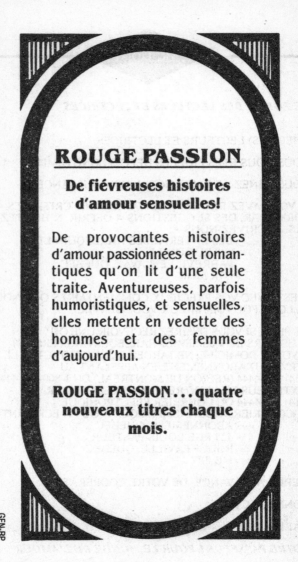

La COLLECTION AZUR

Offre une lecture rapide et

- stimulante
- poignante
- exotique
- contemporaine
- romantique
- passionnée
- sensationnelle!

COLLECTION AZUR... des histoires d'amour traditionnelles qui vous mènent au bout du monde! Six nouveaux titres chaque mois.

HARLEQUIN

En août, on vous tente avec un livre SUPER PASSION de la série Rouge Passion.

Les livres SUPER PASSION sont un peu plus sensuels et excitants, mais toujours l'amour triomphe des contraintes, de dilemmes et vient réchauffer votre coeur comme une caresse.

Une histoire SUPER PASSION chaque mois, disponible là où les romans Harlequin sont en vente !

RP-SUPER

HARLEQUIN

Composé sur le serveur d'Euronumérique, à Montrouge
par les Éditions Harlequin
Achevé d'imprimer en avril 2001

BUSSIÈRE

GROUPE CPI

à Saint-Amand-Montrond (Cher)
Dépôt légal : mai 2001
N° d'imprimeur : 12086 — N° d'éditeur : 8786

Imprimé en France